LES ROMANS D'AVENTURES

LA REINE DES RANCHS

PAR LÉON SAZIE

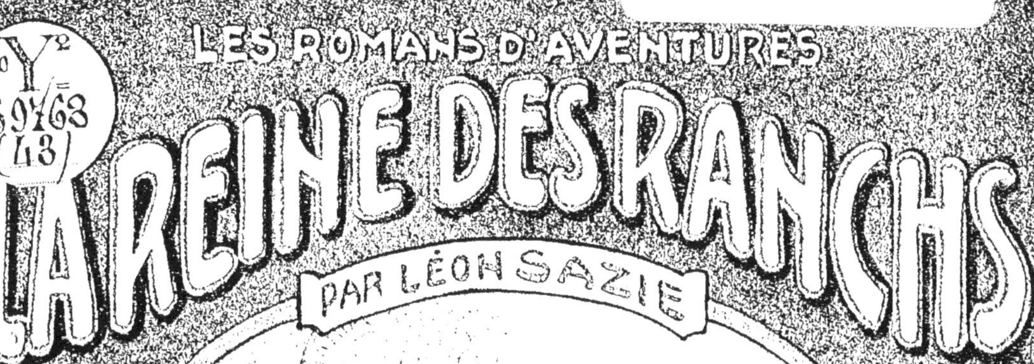

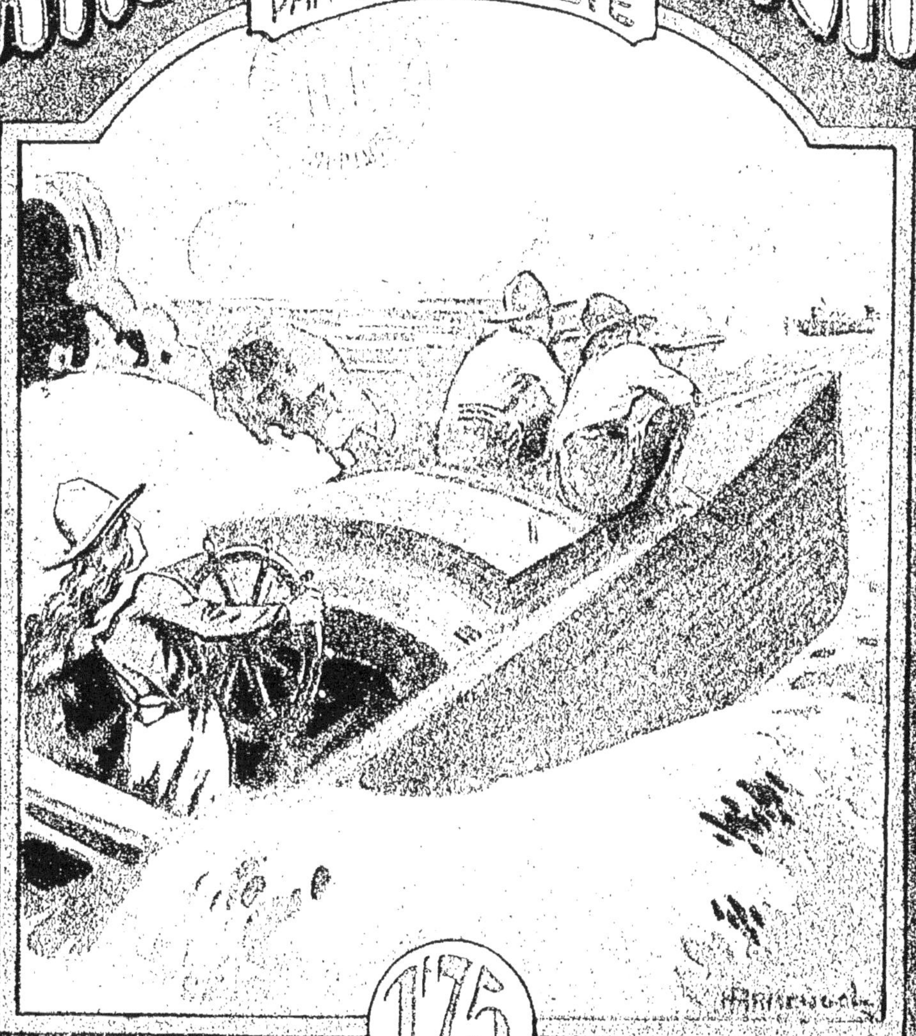

175

LE ROMAN COMPLET

J. FERENCZI ET FILS ÉDITEURS — PARIS

LÉON SAZIE

La Reine des Ranchs

PARIS

J. FERENCZI et FILS, Éditeurs

9, Rue Antoine-Chantin, 9

1927

Volumes parus

1. **L'Amazone du Mont Everest.**
   Par JEAN DE LA HIRE

2. **Les Chercheurs de Trésors**
   Par JEAN BONNERY

3. **La Mission de quatre Savants.**
   Par RENÉ TROTET DE BARGIS

4. **Perdus dans les sables brûlants.**
   Par FÉLIX LEONNEC

5. **La Course au milliard.**
   Par GEORGES LE FAURE

6. **L'Homme qui peut vivre dans l'eau.**
   Par JEAN DE LA HIRE

7. **Aouda la guerrière.**
   Par PAUL DARCY

8. **L'Inde mystérieuse.**
   Par E.-M. LAUMANN

9. **Les Ecumeurs de la Brousse**
   Par H.-R. WOESTYN

10. **Le Roi du Bagne.**
    Par GUY VANDER

11. **Les Prisonniers de la Montana**
    Par Jean BONNERY

12. **Par les Forêts et les Savanes**
    J. LUTHY

13. **Costal l'Indien.**
    Par GABRIEL FERRY

14. **Sous la Griffe du lion.**
    Par ERIC STANLEY.

15. **Rio Mix.**
    Par le Captain HIDDEN.

16. **Un Drame dans la Jungle.**
    Par J. LUTHY.

17. **Les Contrebandiers de la Belle-Etoile.**
    Par J. L. MORGINS.

18. **Un Drame sous la Banquise.**
    Par G LE FAURE.

19. **Les Naufragés de Bornéo.**
    par PAUL DARGENS

20. **Jim Carter.**
    Le Roi des Renards Argentés
    Par JOE TRAVELLER.

21. **Kormick l'Esquimau**
    par M. YSOL-PHTUJHE.

22. **L'Ile du Malheur.**
    par J.-L. MORGINS.

23. **La Captive du Soleil d'Or.**
    Par JEAN DE LA HIRE

24. **Le Pirate du Pacifique.**
    par J. BLÉNOD.

25. **Une Révolte au Pays de l'Or.**
    par RAOUL LE JEUNE.

26. **L'Étrange croisière de la « Terror ».**
    par RENE THEVENIN.

27. **Tommy-Boy.**
    par JOE TRAVELLER.

28. **Les Aventuriers de la Pampa**
    par G. STOCCO.

29. **Le Chasseur d'Abeilles.**
    par FENIMORE COOPER.

30. **Les Ravageurs des Mer Chine**
    par L. MOTTA

31. **La Ville Aérienne.**
    par H. DE GRAFFIGNY.

32. **Le Chef Noir.**
    par ERIC STANLEY

33. **Le Naufrage de la Méduse.**
    Par L. MOTTA et SALGARI.

34. **L'Epave Sanglante.**
    par JEAN DE LA HIRE.

35. **Le Pirate.**
    par WALTER SCOTT.

36. **Benavidès, le Féroce.**
    Par JOSLY UHEPHT.

37. **Cœur de Jaguar.**
    par MARCEL VIGIER.

38. **Œil de Faucon, tueur de daim.**
    Par FENIMORE COOPER.

39. **La Jungle Insurgée.**
    par RENÉ THÉVENIN

40. **La Caverne au Radium.**
    par HENRY de GRAFFIGNY.

Envoi franco contre **1 fr. 75** par volume,

adressés aux Editions **J. FERENCZI et FILS**, 9, rue Antoine-Chantin, Paris (XIVᵉ).

(Il n'est pas fait d'envoi contre remboursement.)

La Reine des Ranchs

Roman d'Aventures Inédit

par

LÉON SAZIE

CHAPITRE PREMIER

ELLE VA SE CASSER LA TÊTE

John Harding, appelé plutôt master John, éleva les bras, dans un vif mouvement d'affolement, de terreur, d'angoisse paternelle.

— Elle va se tuer ! cria-t-il. Elle va se tuer !...

A côté de lui, se tenait son gérant, Franck Hills.

Franck n'avait pas levé les bras, mais il était devenu très pâle.

Et sous sa peau bronzée par le chaud soleil du Far-West, cela indiquait une intense émotion.

— Elle va sûrement se tuer à la barrière ! cria de nouveau Mr. John !... Jamais son cheval ne pourra la sauter !...

Franck ne dit rien encore.

Mais, chez lui aussi, l'émotion grandissait.

Elle grandissait à chaque pas que, là-bas, dans la plaine, faisait le cheval pour se rapprocher de la terrible barrière.

Sur ce cheval, se trouvait une jeune fille.

Doris, la fille unique de Mr. Harding. Elle ne semblait aucunement se douter des terreurs qu'elle causait à son père, à Franck.

Elle poussait encore son cheval, l'excitait de la voix et le dirigeait sur cette barrière, dont son père s'effrayait et qui rendait pâle le si bronzé Franck.

— Mais, s'écria encore Mr. John, ce n'est pas Pag qu'elle monte !...

— Non.

— Quel est ce cheval ?

— Cigarette !

Plus haut encore, si c'est possible, Mr. John éleva ses bras.

— Alors, elle est bien perdue ?

Et douloureusement, des larmes aux yeux, il répéta :

— Mon enfant... ma fille... ma Doris !... Oh ! Lord, ayez pitié de nous ! Cigarette... Mais c'est de la folie... Pensez-vous, Franck.

Franck ne répondit rien.

Comme il ne pouvait devenir plus pâle, son émotion, maintenant, se traduisait par un tremblement des mains.

Et, le cœur serré, il regardait courir Cigarette.

Il semblait qu'en ce moment, toute sa vie se trouvait dans ses yeux... sous lesquels, dans quelques minutes, quelques secondes, allait se passer un drame épouvantable.

Dans la plaine, Cigarette courait de plus belle, approchait de la barrière.

Cette barrière était celle d'un coral, en ce moment vide de ses animaux, de ses bœufs.

Mais cette barrière coupait la plaine.

Pour continuer dans cette direction, Doris devait absolument la franchir.

Or, cette barrière était très haute.

Dans ce coral, on rangeait aussi des chevaux.

Il fallait une barrière assez élevée pour s'opposer à leurs fantaisies, à un coup de tête qui les eût poussés à vouloir aller goûter l'herbe de la plaine, à s'échapper pour courir l'aventure de la prairie libre.

Et c'est vers cette barrière que les chevaux ne pouvaient franchir, que précisément miss Doris poussait son Cigarette !

C'était bien là une idée de jeune amazone de dix-neuf ans !

Une idée américaine.

Les chevaux ne pouvaient sauter cette barrière... Bien... Le sien allait la sauter.

Cigarette serait alors le meilleur cheval sauteur du ranch Harding.

Et comme le ranch Harding était le premier des ranchs du Texas, de l'Arizona, du Far-West. Cigarette serait le meilleur sauteur de tous les ranchs d'Amérique.

Par là même, miss Doris aurait le meilleur sauteur du monde !

Cela valait bien, avouez-le, courir ce risque de se casser la tête.

Surtout quand on avait une tête comme celle de miss Doris, qui n'en faisait jamais qu'à ce qui se passait dans sa cervelle, qui ne connaissait d'autres lois que sa fantaisie, d'autre ordre que sa volonté, et d'autre sagesse que son bon plaisir.

Petite tête si terrible, mais si jolie figure !

Des yeux rieurs, hardis, un petit nez un peu retroussé, narquois, mais aspirant bien le grand air, et une bouche exquise qui riait toujours en montrant des dents admirables, qui savait dire de bonnes choses à tout le monde, disait aussi de belles histoires, savait répliquer spirituellement et chantait délicieusement toutes les chansons de la prairie, les berceuses indiennes et les romances que le piano ou l'orgue, à la maison, accompagnaient.

Doris, charmante, intrépide, robuste en sa délicatesse, sans peur, connaissait admirablement les bêtes et la plaine. Le désert n'avaient aucun secret pour elle.

Doris dont le passage était une joie pour tous.

Doris, enfin, que l'on appelait la Reine des Ranchs !

Et là, Doris, dans une folie inexplicable, courait à la mort, sur Cigarette !

Maintenant, elle était à quelques foulées de la barrière.

Mr. Harding, Franck crurent que leur cœur s'arrêtait.

Ils allaient, là, devant eux, voir Cigarette buter contre la barrière et Doris s'écraser sur le sol...

Tout à coup, Mr. John poussa un grand cri d'épouvante :

— Doris !...

Et presque aussitôt, un autre cri, plus fort :

— Hurrah !

Alors ses bras, qui se levaient, désespérés, au ciel, se levèrent encore, mais, cette fois, une main agitait joyeusement le grand chapeau.

Doris avait franchi la barrière !

Maintenant, au petit galop, dans le coral, elle achevait la course et épuisait l'élan de son cheval.

Franck n'était plus pâle, mais ses mains tremblaient un peu plus et ses jambes imitaient ses mains.

Tout danger étant passé, Franck en ressentait l'émotion plus fortement, comme il arrive toujours.

Mais Mr. John criait de plus belle :

— Hello, Doris ! Hurrah !...

Autant il avait eu peur, autant, maintenant, il était joyeux.

Cet exploit magnifique de sa fille le comblait d'orgueil.

Lui, personne, dans aucun ranch, personne en Amérique, personne dans le monde ne pouvait sauter cette barrière comme sa fille. Hurrah !

Alors, se tournant vers son gérant :

— Hello, Franck, mon garçon ! dit-il. Allons féliciter la vaillante Doris...

Les chevaux étaient à quelques pas.

Mr. John courut à eux plus qu'il ne marcha.

Il sauta en selle et s'élança dans la direction du coral.

Franck, encore tout ému, n'alla pas aussi vite.

Mais, une fois en selle, toute son émotion disparut.

Toutefois, par condescendance, il voulut donner à Mr. John le temps de féliciter, en père heureux, sa fille héroïque.

Doris avait vu son père accourir.

Elle vint au-devant de lui et, pour l'embrassade qu'elle espérait, elle sauta de son cheval.

John fit de même.

Il ouvrit ses bras.

Doris s'y précipita, disant, comme lorsqu'elle était petite :

— *Daddy... my dear daddy...*

Et ce fut une longue et forte embrassade.

John Harding adorait sa fille.

Et Doris adorait son père, le vénérait et le faisait terriblement enrager.

Souvent, Mr. John disait :

— Ah ! si ma fille était un garçon et qu'il me fasse tous les quatre cents coups que fait Doris, je serais le plus malheureux des pères... forcé tout le temps de me mettre en colère... obligé de sévir envers cet enragé garnement... Mais c'est ma fille ; alors, que voulez-vous, je dois toujours pardonner et trouver tout ce qu'elle fait admirable... Doris a toujours raison.

Aujourd'hui encore, maintenant, elle avait raison.

Elle avait commis une folie. Elle avait couru à la mort tout bonnement ; elle avait manqué de se casser la tête, et son père devait l'embrasser, la presser sur son cœur débordant de joie.

Reconnaissez que souvent le rôle de papa, de daddy, est bien compliqué.

Franck, au petit galop, venait d'arriver.

Doris se détacha des bras de son père et alla vers lui, les mains tendues.

— Franck, mon bon Franck, lui dit-elle en riant, je vous félicite...

Mr. John ne comprenait pas.

— Comment ! dit-il, c'est toi qui sautes la barrière et tu félicites Franck !

— Oui...

— Pourquoi ?

— Parce que... si je l'ai sautée, cette terrible barrière... c'est parce que c'est Franck qui a dressé Cigarette !...

Et, sans donner à son père, à Franck, le temps de placer un mot, elle dit sérieusement, en bon connaisseur :

— Bon... Cigarette est au point... Juste prêt... Nous pouvons y aller.

Alors elle expliqua à son père ses paroles, car il semblait n'y rien comprendre.

— Voilà, daddy... Dans le ranch voisin, les Blacktown ont, paraît-il, un cheval sauteur extraordinaire.

— Tant mieux pour eux, dit John Harding... Ce sont des amis... d'excellents amis...

— Oui... Mais il se sont vantés que, dans tout le pays, il n'y avait pas un cheval qui puisse sauter comme le leur... Ils affirment qu'eux ils ont les meilleurs chevaux.

— Ah ! ils prétendent cela ?

— Oui... Ils ont parié cent dollars qu'aucun cheval ne pourrait faire ce que leur Grashoper, leur sauterelle, accomplissait.

— Ah ! Ils ont parié ça... cent dollars ?

— Oui.

Mr. John s'écria :

— Bien. Je tiens le pari.

Doris répliqua :

— C'est fait.

— Comment, fait ?

— Oui, Franck et moi, nous avons déjà fait savoir que nous tenions le pari.

— Ah ! bien...

— Alors, depuis ce temps, nous avons choisi dans notre cavalerie l'animal qui nous semblait le plus propre à nous seconder dans notre pari.

— Très bien.

— Oui, c'est très bien.

— Mais pourquoi ne m'avez-vous rien dit ?

— Parce que vous, le patron, vous auriez commencé par décréter qu'il y avait au ranch des choses plus urgentes, plus intéressantes que le dressage d'un cheval sauteur.

— C'est exact.

— Alors, nous l'avons fait sans rien vous dire et le travail du ranch ne s'est pas ralenti.

— Parfait.

— Nous avons fait une sélection parmi nos chevaux.

— Ils sont tous bons.

— Nous avons pris le meilleur.

— C'est ce que vous deviez faire... Et ce meilleur ?

— C'est Cigarette.

— Bravo ! C'est un bel animal... Bon sang !...

— Franck l'a savamment entraîné, préparé. En me promenant, sous prétexte de donner un bonjour de voisine aux boys du ranch Blacktown, j'ai été voir leur sauterelle, j'ai vu la fameuse barrière qu'il peut seul sauter, à ce qu'ils prétendent, pour cent dollars...

— Alors ?

— Leur Sauterelle est une belle bête...

— Mais Cigarette ?

— Plus belle.

— Bon.

— Leur barrière est haute.

— Et la nôtre ?

— Plus haute.

— Bon... Cigarette la saute... Alors, celle des voisins aura l'air d'un banc de square pour lui. Hurrah !... Nous gagnons le pari...

John Harding, en bon Américain, du moment qu'il s'agissait d'un pari, oubliait tout.

Angoisse paternelle, danger couru par sa fille, tout disparaissait, non devant les cent dollars, il s'en moquait absolument, mais devant le pari.

Ce pari, il fallait le gagner, à toute force.

CHAPITRE II

JE MONTERAI CIGARETTE

Il semblait maintenant à John Harding que non seulement la réputation de ses chevaux, mais l'honneur même de son nom, de toute sa famille, se trouvait engagé dans ce pari...

Il y avait une barrière à sauter. Sa fille avait manqué de se rompre le cou en sautant celle-ci, qui était plus haute que celle du pari ; pour un peu, l'excellent père eût demandé à sa fille de recommencer son exploit, pour lui donner l'assurance que le cheval se trouvait en bonne forme, que le ranch Harding avait les plus grandes chances contre le ranch Blacktown.

Doris, au bout d'un court moment, reprit :

— Franck ayant donc choisi Cigarette, le mit à l'entraînement. J'ai suivi cet entraînement avec la plus grande attention. Il est parfait. J'ai vu Franck, qui est certainement le meilleur cavalier de toute la prairie, faire sauter à Cigarette des barrières de plus en plus hautes... Je vérifiais moi-même.

— C'est très bien, ma fille... Comme partout dans une ferme, un ranch, une maison... c'est le maître qui doit surveiller.

— Mais Franck se contentait jusqu'à présent de faire sauter à Cigarette des barrières hautes comme celle du pari.

— C'était ce qu'il fallait faire, mon enfant.

— Oui, pour la satisfaction de papa, des gens de notre ranch.

— Naturellement.

— Mais ce n'était pas assez pour la mienne.

— Oh ! Qu'est-ce que tu veux de plus ?

Doris, gentiment, dans un mouvement de charmante hardiesse, se campa résolument devant son père et répondit :

— Je veux... ce que je veux... Je veux tout bonnement, après avoir gagné le pari des Blacktown, leur faire le pari qu'aucun cheval, d'aucun ranch du pays ou d'ailleurs, ne sautera cette barrière.

Mr. John et Franck se regardèrent, anxieux, puis ensemble ils tournèrent les yeux sur Doris.

— Tu veux... dit le père. Tu veux lancer ce pari ?

— Absolument.

— Bien.

— Mais, avant de le lancer, comme je suis une fille tout à fait raisonnable...

— Oui, interrompit Mr. John, une fille raisonnable qui commet des folies...

— Si vous voulez, daddy, une fille folle qui agit raisonnablement... J'ai voulu, avant de savoir si je pouvais lancer ce pari, me renseigner auprès du cheval,

— C'est très prudent.

— Or, comme je ne pouvais le consulter verbalement, j'ai dû lui faire donner sa réponse en cheval.

— C'était bien pensé.

— Je vous l'ai dit, mon vénérable père... Mes pires folies sont toutes très sagement déterminées. Et pour obtenir de Cigarette une réponse claire et précise, le seul moyen était de lui poser la question devant même l'obstacle.

— Oui... Pas d'autre moyen.

— Je suis contente de votre approbation.

— C'est-à-dire, voulut reprendre le père, c'est-à-dire que... avant cela, tu aurais dû...

— Vous demander votre permission ?

— D'abord.

— Vous l'auriez refusée.

— Naturellement.

— Vous voyez bien... Alors, plus de défi possible.

— Mais Franck...

— Mais, mon père, Franck n'aurait pas voulu risquer le cheval sur la barrière, je vous l'ai dit... Et Franck n'avait pas à le faire.

— Pour quelle raison ?

— Parce que c'est moi qui monterai Cigarette.

Franck et son patron firent un bond.

— Toi, Doris ?... Toi ?...

— Vous, miss Doris ?... Vous ?...

— Oui moi, tout à fait moi... Rien que moi.

— C'est de la folie...

— Nous verrons. J'ai décidé de monter Cigarette dans les deux épreuves.

— Mais... mais...

— Pardon, daddy vénéré... pardon... j'ai, moi aussi, mon amour-propre...

— Je le sais ; cependant...

— Cependant, les Blacktown feront monter leur Sauterelle par un des fils de leur maison... Eh bien, Cigarette sera monté par la fille du ranch Harding... Et Doris Harding vaut bien un fils Blacktown !... Doris Harding n'a pas été nommée pour rien la Reine des Ranchs !

Que pouvaient répondre à cela le père et le gérant ?

Quelle objection opposer à une fille qui avait toujours raison ?

Quelle volonté pouvait s'élever contre ce désir de la Reine des Ranchs ?

John Harding ne put retenir un grand éclat de rire,

— Décidément, dit-il à Franck, nous ne sommes pas de taille, nous pauvres diables d'hommes, à lutter contre ce démon de petite fille.

CHAPITRE III

ON SERA GAI AU RANCH

Au demeurant, les craintes de Franck, en analysant bien les choses, étaient mal fondées.

C'est lui qui avait dressé le cheval ; il le connaissait, il savait ce dont il était capable.

Et cette haute barrière, bien que jamais encore il n'ait pensé à la lui faire affronter, il se doutait que Cigarette devait, si on l'enlevait bien, la sauter.

Donc, de ce côté, aucune crainte.

Et, du côté du cavalier, qu'avait-on à redouter ?

Il connaissait la maîtrise de Doris à cheval.

Elle saurait, elle, parfaitement amener Cigarette à franchir l'obstacle.

Par conséquent, du côté du cavalier, il ne devait concevoir aucune crainte.

Alors, n'ayant rien à redouter ni pour le cavalier ni pour le cheval, pourquoi s'alarmer ? Pourquoi devenir pâle ? Pourquoi trembler des mains, puis claquer des genoux ?

Pourquoi... oui, pourquoi ?

Ceci était le secret intime de Franck.

Pour le moment, il serait très indiscret de chercher à le pénétrer et incorrect de le dire.

Mais Franck avait vingt-cinq ans.

Il était le gérant du ranch de John Harding, son homme de confiance, son ami.

John Harding l'aimait comme un fils.

Il l'avait vu au berceau.

Le père de Franck était un des plus vieux cow-boys du ranch, où il coula toute sa vie, laissant à son fils tout son dévouement, toute son affection pour les Harding, non plus seulement des maîtres, mais de véritables amis.

Et Franck, en bon fils obéissant, avait suivi les recommandations paternelles...

Il aimait beaucoup son patron John Harding...

Et peut-être aussi la fille de son bon patron, la jolie Doris...

Mais nous n'avons pas à le dire ici... Nous verrons cela plus tard, s'il y a lieu.

Donc, mettons que cette pâleur, ces trem-blements étaient uniquement provoqués par l'anxiété de voir Cigarette lancé sur un obstacle qu'il ne connaissait pas et Doris montant pour la première fois un cheval aussi difficile.

Et maintenant son émotion venait, alors que tout danger était passé, des paroles que venait de prononcer Doris.

Doris annonçait que c'était elle... elle-même qui entendait d'abord disputer le pari de cent dollars, et ensuite lancer le défi de la haute barrière.

Voilà ce qui, seulement, à présent, troublait le brave garçon.

Il se répétait le proverbe américain :

— La chance sourit une fois aux audacieux, aux fous... Elle leur casse les reins s'ils recommencent...

Sans doute, mais miss Doris, si elle était audacieuse, n'était pas folle, bien loin de là... et elle était si jolie... Or, la chance est toujours avec les jolies filles !

Le sort est gentleman... Pourrait-il se montrer contraire à une fille aussi jolie, dont l'amusement est d'être audacieuse et dont le grand plaisir est de commettre ces petites folies qui font frémir son bon père mais font rire tout le monde après...

Connaissant le caractère de Doris, le bon Franck, pas plus que John Harding, ne tenta sur le moment de faire entendre raison à la jeune fille.

Donc, comme le patron, Franck ne fit aucune remarque, ne souleva aucune objection quand Doris fit connaître son désir.

Et comme il se doutait que Doris, en elle-même, avait peut-être envie de recommencer son exploit, il siffla, en modulant son sifflet.

Un coup de sifflet semblable lui répondit.

Et l'on vit accourir de la ferme un jeune garçon de quinze ans environ, alerte et gai, dans son costume de cow-boy, sous un grand chapeau qui, de loin, lui donnait l'apparence d'un champignon fantastique.

C'était Joë Starey, le protégé de Franck, qui, pompeusement, se disait l'assistant du gérant.

Jeune garçon, dégourdi, intelligent, hardi et ayant une affection sans bornes pour ses patrons, un dévouement à toute épreuve pour son chef Franck.

Il arriva en courant, salua en portant la main à son grand chapeau, et attendit les ordres.

— Rentre Cigarette, lui dit Franck. Bouchonne-le... Bonne litière... Prends-en bien soin...

— Bien, chef...

Joë prit la bride de Cigarette et l'emmena.

Le patron John Harding, miss Doris, Franck, sur la même ligne, regardèrent Cigarette s'éloigner.

Ils étudiaient son pas, sans rien dire...

Puis ils rentrèrent.

C'est-à-dire que John Harding et Doris gagnèrent la maison du maître et que Franck se dirigea vers le pavillon voisin des bâtiments où logeait le personnel.

Ce pavillon du gérant était coquettement tenu par une bonne vieille femme, veuve d'un cow-boy et quelque peu parente de Joë, qu'on appelait tante Fanny.

Elle aussi avait vécu presque toute sa vie au ranch Harding.

Elle soignait en maman son Franck et le petit Joë, leur faisait des déjeuners exquis, et souvent, le patron et Doris s'invitaient, quand ce futé de Joë était allé dire à la jeune fille le régal du jour.

Joë avait l'honneur de demeurer sous le même toit que le gérant.

Il lui était réservé une chambre.

Le petit Joë, aimé de tout le monde, benjamin des braves garçons qui composaient l'équipe du ranch, faisait les courses, les commissions, portait les ordres, servait d'intermédiaire. Il voyait tout, savait tout.

Au ranch, dans les environs, rien ne lui échappait.

Ce brave petit bonhomme, toujours prêt à tout, toujours content, chantant et sifflant le long du jour, était en outre très souvent le compagnon de miss Doris dans ses randonnées et le complice de ses fantaisies.

Inutile de dire qu'il était en adoration devant elle.

Pour la première fois, sa perspicacité se trouvait en défaut aujourd'hui.

Il n'avait pas vu miss Doris prendre Cigarette.

C'est que le gérant l'avait chargé de ranger des papiers, pour les comptes d'un marché prochain, et qu'ensuite tante Fanny lui avait demandé de venir l'aider à ramasser et à porter le linge dans la maison, pour le repassage.

Mais quand, après avoir mis Cigarette à l'écurie, il revint au pavillon du gérant, il comprit tout de suite, au front soucieux de Franck, que quelque chose s'était passé en dehors de ses yeux qui voyaient tout.

Et il brûlait de savoir ce que ce pouvait bien être.

Il se douta, cependant, tout de suite, que Cigarette était pour beaucoup dans cette affaire.

N'osant pas questionner le gérant, il essaya de tourner la difficulté.

— Voilà, chef, dit-il, ça y est... Cigarette est chez lui aussi confortablement que possible.

— Bien, mon garçon.

Le brave assistant avait une petite manie dont on riait.

Il ne pouvait parler sans dire :

— Voilà !... Voilà, chef... Voilà, miss Doris.

Et quand on lui parlait à lui, toujours on commençait par un joyeux : Voilà, Joë !...

Franck, sans voir ou sans vouloir voir les yeux interrogateurs du jeune assistant, ne lui dit pas autre chose.

Il alluma un gros cigare et se mit à fumer tout en marchant dans la pièce qui lui servait à la fois de bureau, de salon de réception et de salle à manger.

— Bon... pensa Joë, le chef a quelque gros souci !... Attendons qu'il m'en parle...

Et il alla tranquillement aider tante Fanny.

Franck continua sa promenade dans son bureau, fumant son cigare, très préoccupé et débattant en lui-même mille pensées.

Cette idée de miss Doris de prendre sa place au pari et au défi lui causait, il ne se le dissimulait pas, un grand ennui.

Mais ce n'était pas seulement dans le bureau de Franck qu'il y avait en ce moment quelqu'un de contrarié.

Dans le bureau du patron, miss Doris était dans la même situation que le gérant, sauf qu'elle ne marchait pas comme un ours en cage et qu'elle ne fumait pas un gros cigare.

Par contre, le patron John Harding avait l'air, pour sa part, tout content.

Il venait de décacheter une lettre arrivée par le récent courrier.

Et cette lettre l'avait mis de bonne humeur.

— Hello, Doris ! s'écria-t-il, se tournant vers sa fille. Nous allons avoir, ici, un peu de temps gai et amusant.

Sans doute, Doris devinait-elle ce dont il s'agissait, ce que signifiaient ces paroles de son père. Sans doute savait-elle ce que contenait cette lettre qui le rendait si joyeux.

Elle répondit en faisant la moue :

— Alors, mon vénéré père, en ce moment, vous trouvez que nous sommes tristes, dans votre ranch ?...

— Non, ma fillette, mais...

— Vous trouvez que je ne vous donne pas assez de distractions ?

— Si... au contraire, ma chérie... et souvent trop !... Et ces distractions se changent même, parfois, souvent, en préoccupations, quand ce n'est pas en angoisse...

— Eh bien ! de quoi vous plaignez-vous ? Que vous manque-t-il ? Et pourquoi vous dire heureux quand quelque étranger vous annonce sa bruyante venue ?

John Harding se récria :

— Doris, tu n'es pas juste, en ce moment. D'abord, ce n'est pas un étranger... et ce n'est pas un inconnu.

— Tant mieux, car je n'aime pas les visages nouveaux. Je hais le bruit et j'ai souvent la migraine !

— Ce n'est pas non plus un tapageur... C'est un gai compagnon...

— Oh ! alors, je vous félicite.

Et, tout doucement, elle demanda :

— Mon père, avez-vous fait beaucoup d'économies ?

— Pas mal... Pourquoi me demandes-tu cela ?

— Parce que j'aime mieux savoir que vous ne vendrez pas un troupeau pour payer ce nouveau bon temps...

John Harding se mit à rire bruyamment.

— Ah ! rusée petite bonne femme. Tu as donc deviné ?

— Comme c'est difficile !

— Eh bien, oui... Ton cousin Edgar nous annonce sa prochaine visite.

— Il a encore besoin de se mettre au vert.

— Veux-tu te taire, méchante langue !

Doris, à son tour, se tourna vers son père et lui dit :

— Est-ce que vous croyez que c'est par pure affection et d'un cœur désintéressé, que mon cousin Edgar Brown vient de New-York prendre, pendant quelques jours, des nouvelles de son oncle Harding ?

— Pourquoi pas ? Edgar s'est toujours montré envers moi bon garçon, affectueux... Avoue que c'est un gai compagnon, qui vous apprend, à vous, jeunes filles, les danses nouvelles en vogue à New-York ou à Boston...

— Oui, il a le pied et la main très habiles.

John Harding se récria :

— Ne dis pas cela, Doris... Quand Edgar joue, il joue toujours très loyalement... Si je perds, c'est que je suis un maladroit. D'ailleurs il me montre chaque fois où j'ai fait des fautes... Il me donne, à moi, d'excellentes leçons dont je profite ensuite grandement.

— Oui... Vous vous rattrapez en partie sur les voisins, sur les vieux amis... Je trouve que c'est dommage.

— Tu aimerais mieux me voir perdre ?

— Tout au moins ne pas leur gagner l'argent que vous enlève ce joyeux Edgar.

John Harding grogna quelques paroles incohérentes.

Doris, d'ailleurs, sembla ne s'en soucier aucunement.

Elle savait qu'elle venait de toucher son père à son endroit sensible.

CHAPITRE IV

UN JOYEUX QUI MET PARTOUT LA MAUVAISE HUMEUR

John Harding avait, en effet, cette vanité de se croire de première force aux cartes.

Il entendait ne pas trouver de rival, d'égal, dans le district.

Certes, il n'était pas joueur, en tant que chevalier de la dame de pique, mais quand, avec les voisins, les amis, occasionnellement, il se mettait devant un tapis, il se montrait glorieux de battre ses rivaux.

Le gain importait peu pour lui... Seulement la victoire comptait.

De ranch à ranch, les propriétaires se lançaient des défis, amicalement.

John Harding voulait être le roi des cartes du Far-West, comme sa fille Doris était la Reine des Ranchs.

Chacun a ses faiblesses.

Il paraît qu'en France, un célèbre peintre, M. Ingres, qui faisait quelque peu de la musique, se prétendait plus fort sur le violon qu'habile avec ses pinceaux.

Les cartes, donc, étaient, si l'on peut ainsi dire, le violon d'Ingres de ce bon et brave propriétaire de ranchs, John Harding.

En temps ordinaire, celui avec qui il exerçait son habileté, c'était son gérant.

Franck, lui, n'aimait pas du tout les cartes, mais il devait souvent servir de partenaire, de sujet ou d'élève au terrible cartonniste.

Bravement, Franck, qui avait pour son patron tous les dévouements, acceptait cette corvée.

Il faut dire que les soirs où John et Franck faisaient une partie de cartes dans le salon-bureau du patron, Doris se mettait au piano et faisait entendre ses plus jolis morceaux.

Franck jouait très mal, regardait ses cartes de travers. Il écoutait la jolie pianiste, la charmante chanteuse.

Et cela lui valait de pouvoir supporter légèrement, en riant, les brimades parfois un peu rudes du patron toujours vainqueur...

Comment cela put-il se faire, ne me le demandez pas.

Je ne saurais vous le dire, mais, peu après cette courte scène entre le père et la fille, le petit Joë pénétrait chez Franck, toujours marchant et fumant un nouveau cigare.

Il lui disait vivement :

— Chef ! Grande nouvelle !...

Naturellement, le petit Joë ne pouvait apporter que de grandes nouvelles.

— Voilà, chef... Edgar arrive !

— Edgar ?

— Oui, chef !...

— Comment sais-tu cela ?... Qui te l'a dit ? Edgar t'a écrit ?

— Non; chef... Edgar n'a pas à m'écrire. Et il se gardera bien de m'écrire... Depuis qu'en voulant faire rire les autres, il m'a donné un coup de pied... sous mon veston... il sait quels sont mes sentiments à son égard... D'un autre côté, personne ne m'a rien dit... mais j'ai entendu, voilà... Cela revient au même...

— Ou à peu près. Alors... explique-toi...

— Voilà, chef !... Après avoir rentré le cheval à l'écurie, j'ai été donner un coup de main à tante Fanny... Et voilà, chef. Là, j'ai vu miss Doris encore pas contente ; elle était assise dans un rocking-chair mais elle n'était pas contente quand même...

— Ah !... Pourquoi ?

— Parce que son père, le patron, était joyeux.

— Il y a une autre raison.

— Voilà, chef... Le patron venait de lire une lettre d'Edgar annonçant sa venue.

Devant le gamin, sous son œil perçant, le gérant Franck ne laissa deviner aucun de ses sentiments, ne montra pas l'effet que, sur lui, produisait cette nouvelle.

— Bien... dit-il seulement.

— Bien ! dit Joë sur le même ton.

Et, en sifflant, il alla retrouver tante Fanny et l'aider dans sa cuisine.

A tante Fanny également, le petit Joë apprit la grande nouvelle.

Mais tante Fanny, devant son petit Joë, son assistant aussi, n'était pas tenue à la même réserve diplomatique que le gérant.

Elle s'écria, en levant en l'air une louche énorme :

— L'enfer soit pour ce trop joyeux compagnon ! Que le diable prenne cet Edgar qui vient tout déranger ici, où l'on est si tranquille !

Et comme tante Fanny est très pieuse, après cet éclat de mauvaise humeur, elle dit, en levant les yeux au-dessus des nuages de son dîner :

— Oh ! Lord... ne m'écoutez pas...

La conscience en repos, elle reprit ses imprécations contre Edgar.

Elle ne pouvait avoir meilleur auditoire que le petit Joë.

Ce soir, le patron ne demanda pas à Franck de venir faire une partie de cartes.

Doris n'eut pas envie de jouer du piano ou du petit harmonium.

Tante Fanny laissa brûler un plat.

La pipe de Franck s'éteignait tout le temps. Et, voilà, Joë ne sifflait pas.

Bref, tout le monde, au ranch, était de mauvaise humeur parce que le joyeux Edgar allait venir !...

... Le lendemain matin, bien avant l'heure où l'on se réveillait, au ranch, Franck se leva.

Avec précaution, ne faisant aucun bruit, ouvrant les portes doucement, comme un cambrioleur, il sortit de la maison.

Sur le pas de la porte, il trouva le petit Joë.

— Voilà, chef !

Lui aussi avait passé une mauvaise nuit et s'était réveillé en même temps que son chef.

Tous deux se rendirent à l'écurie.

Les chevaux leur dirent bonjour d'un bon hennissement.

Franck, sans dire un mot à son assistant, sella Cigarette.

Joë, en sifflant, mit une selle énorme de cow-boy sur le dos de son cheval, qui s'appelait Captain !

Et Franck sur Cigarette, le petit Joë sur Captain se dirigèrent vers la prairie.

Franck voulait voir dans quel état se trouvait Cigarette, après l'effort que miss Doris avait exigé de lui.

Le résultat des premières épreuves fut des plus satisfaisants.

Cigarette avec aisance, facilité, sauta tous les obstacles.

Franchir une barrière égale à celle du pari des Blacktown fut un jeu pour lui.

Quand Franck sentit son cheval bien en train, content, ne demandant qu'à travailler, il le conduisit dans la plaine où se trouvait le coral vide de troupeaux encore, mais entouré par la haute barrière.

Ici encore, allégrement, Gigarette franchit l'obstacle.

Et quand Franck épuisait son élan dans un petit galop, deux applaudissements claquèrent.

Deux applaudissements produits par des petites mains.

Les jolies mains de Doris...

Les mains guère plus grandes, mais plus dures de l'assistant Joë...

Doris se tenait cachée derrière une planche.

Joë l'avait découverte et se tenait auprès d'elle.

— Hello, Franck ! cria Doris.

Franck, à la fois ému et surpris, mena Cigarette devant la jeune fille.

— Eh bien ! comment est Cigarette ?

— En parfait état...

— Bon... alors je ne cours plus aucun danger... je peux porter le défi ?

— Vous le pouvez, miss Doris.

On eût voulu que ce jour de pari et de défi arrivât avant la venue du joyeux Edgar.

Mais, pour des raisons de travail au ranch, les Blacktown demandèrent de fixer ce jour sensationnel dans la semaine prochaine.

Ils avaient convié quelques amis, qui ne pourraient se trouver là qu'à cette époque.

Le patron, John Harding, miss Doris, Franck durent accepter.

L'assistant Joë ne trouva aucune objection à soulever.

— Voilà, chef, dit-il... un peu plus tôt, un peu plus tard, le ranch Harding sera vainqueur...

CHAPITRE V

LE CARTONNISTE

Naturellement, le plus grand secret fut gardé sur le cavalier qui tenterait l'épreuve et sur le défi ensuite.

Pendant ces quelques jours, Doris, sous l'œil de Franck, de son père et de l'assistant Joë, habitua Cigarette à elle, à sa main, à son poids.

Tout allait bien...

Tout eût été parfait si, deux jours avant le match, on n'avait été chercher au train le joyeux cousin Edgar.

Le joyeux cousin arriva donc au ranch Harding.

Comme chaque fois, on lui avait préparé son appartement dans un pavillon attenant à celui de Franck.

Dans ce pavillon, le patron John avait fait aménager quelques chambres d'amis.

Il arrivait, en effet, souvent que des voisins, des amis, des gens avec qui on traitait une affaire, tenus trop tard dans la soirée, devaient coucher au ranch.

Tante Fanny assurait avec une ou deux autres femmes, le service.

En vérité, le joyeux cousin Edgar n'était pas du tout un méchant garçon.

Il était grand, gros, fort, d'une figure insignifiante mais nullement antipathique.

Son tort, peut-être, était-il, comme celui de beaucoup d'habitants des villes, de se croire d'une essence supérieure aux gens de la campagne.

Pour lui, citoyen de New-York, les gens du Far-West, les fermiers des ranchs, s'il ne les prenait pas tout à fait pour des sauvages, étaient de pauvres diables bien loin de la haute civilisation dont il pensait, lui, Edgar Brown, être un des plus distingués représentants.

De là cet air de condescendance qu'il prenait pour tâcher de se rendre aimable et se faire bien venir dans le pays.

Il montait bien à cheval et tirait convenablement à la carabine, au revolver.

Bref, il aurait pu faire un homme de ranch, un cow-boy accompli, s'il avait voulu.

Mais il préférait New-York, ses dancings, ses saloons, ses bars, ses lieux de plaisir et surtout ses tripots.

A New-York il s'occupait, disait-il, d'affaires.

Mais de quelles affaires ?

Ces mots vagues, « faire des affaires », enveloppent tant de choses !

Bref, Edgar, à New-York, faisait des affaires et ici, chez son oncle, le frère de sa mère, il venait se reposer de la grande vie et des fatigues de l'existence fiévreuse qu'il menait là-bas.

Quand il venait, il apportait tout un répertoire nouveau de chants et une collection inédite de danses en vogue...

Il était la joie, le boute-en-train des réunions, des fêtes de villages.

Et cependant, malgré tout cela, il trouvait dans le pays de la popularité, certes.

Tout le monde connaissait le joyeux Edgar.

Mais il ne rencontrait pas ce sentiment indéfinissable et précis cependant, qui est la sympathie, qui devient de la cordialité.

Quand il venait, on l'accueillait aimablement...

On chantait, on dansait, on riait avec lui, on faisait de grandes randonnées de chasse, de courses à cheval.

Mais quand il s'en retournait à New-York, personne le le regrettait.

Son départ ne laissait pas de creux dans le pays.

Il faut déclarer maintenant que quelques personnes avaient entendu dire que les voyages du joyeux Edgar, au ranch de son oncle Harding, correspondaient à certains bruits de vilaine affaire... une de ces affaires dont il s'occupait probablement, d'un scandale survenu dans quelque lieu de plaisir, dans un cercle, dans une maison de jeux...

Mais c'étaient des racontars que rien, en somme, ne venait prouver.

Une seule chose les appuyait : la passion du jeu chez Edgar et sa force extraordinaire, voire sa chance étonnante, aux cartes.

Mais, dans la prairie, on aimait aussi beaucoup le jeu.

On comptait des cartonnistes enragés.

Edgar trouvait toujours des partenaires.

S'ils étaient moins heureux que lui, c'est probablement, certainement parce qu'ils étaient aussi moins habiles et n'avaient pas, autant que lui, l'habitude de manier les cartes.

Jamais, d'ailleurs, on n'avait pu le prendre en défaut.

Jamais, dans son jeu, on n'avait remarqué la moindre irrégularité.

Ceux qui perdaient avec lui, comme, par exemple, l'oncle John, perdaient dans les règles strictes, correctes.

Il ne leur restait plus qu'à payer, en s'en prenant au mauvais sort.

Mais, maintenant que nous connaissons le joyeux cousin, revenons au ranch de John Harding.

Ce fut le jeune Joë, l'assistant, que l'on envoya, avec la voiture à hautes roues qui servait à faire les provisions, à la gare, pour y prendre le joyeux cousin Edgar.

Rien ne pouvait être plus désagréable à Joë que cette mission.

Mais Joë, l'assistant, obéissait toujours.

Il s'en alla donc, sifflant, au-devant du joyeux cousin.

Edgar, en l'apercevant, lui cria :

— Ah ! c'est toi... te voilà !... Comment va, mon garçon ?

Et, familièrement, il lui tapa sur l'épaule.

Joë ne répondit rien, mais il salua en touchant son chapeau de la main.

Tranquillement, il attendit sur son siège les rênes en mains, que le cousin ait fait charger ses malles derrière la voiture.

Pour un empire, Joë n'aurait consenti à soulever les malles pour les mettre sur la voiture.

On lui avait dit d'aller chercher le cousin.

Il venait chercher le cousin, mais il ne se préoccupait pas de ce qui pouvait entourer le cousin qu'il devait ramener.

On ne lui en avait pas parlé.

Quand le chargement fut opéré, que le joyeux cousin prit place à côté de lui sur le siège, le jeune Joë siffla son cheval et continua de siffler une chanson.

Chemin faisant, en traversant la ville, le joyeux cousin disait bonjour à tous ceux qu'il rencontrait, leur donnait un prochain rendez-vous pour une partie de danse ou de cartes, à leur gré, ou selon les personnages.

L'assistant Joë continuait son sifflet, comme si, à côté de lui, ne se trouvait personne.

Quand ils furent hors de la ville, quand la voiture s'engagea sur la route qui conduisait au ranch, le cousin Edgar dit enfin au jeune siffleur, en lui donnant une nouvelle tape sur l'épaule :

— Hello... Voilà !... Alors, tu m'en veux toujours ?... Tu me gardes encore rancune de cette plaisanterie ?

Joë ne répondit pas, mais il siffla moins haut.

— Ecoute, Voilà !... Pour que nous fassions la paix, pour que nous soyons amis, je t'ai apporté de New-York un joli souvenir.

Joë siffla encore moins fort, mais ne tourna même pas les yeux vers le cousin.

Et le joyeux Edgar, insistant encore et plaisantant, le jeune garçon reprit :

— Voilà ! Ce que je t'ai apporté plaira au bon musicien que tu es... tu pourras siffler tout en t'accompagnant... Voilà, tu feras un orchestre à peu près complet, à rendre jaloux un jazz-band.

Joë baissa encore un peu son sifflement.

Mais, pas plus que tout à l'heure, il n'eut l'air de remarquer que ce discours du joyeux cousin s'adressait à lui.

Comme le joyeux cousin voulait cependant ne pas être le dernier dans ce petit duel, il reprit :

— Tu ne me demandes pas ce que je t'ai apporté, mon garçon ? Tu n'es pas curieux de le savoir ?

Joë ne fit encore aucune réponse.

Mais il cessa tout à fait de siffler.

Et sans rien demander, par orgueil, il attendait que le cousin Edgar lui ait annoncé ce fameux cadeau.

Après avoir attendu un court moment, tout en tenant malicieusement sous son regard le jeune garçon, le cousin Edgar se décida à dire enfin :

— Voilà, mon garçon... Comme je sais que tu aimes la musique, je t'ai, par amitié et pour t'encourager dans les beaux-arts, je t'ai apporté un banjo !

Malgré lui, le jeune Joë eut un petit frémissement.

Un banjo !

Lui qui avait tant envie d'en avoir un...

Lui qui n'osait parler à personne de son désir...

Lui qui mettait de côté tout l'argent qu'il pouvait pour s'acheter un bon banjo...

Un banjo qu'il irait gratter dans la prairie, sous un arbre, au frais...

Un banjo avec lequel, peut-être, il pourrait accompagner les chansons de miss Doris !...

Un banjo, enfin... Un banjo !

Le joyeux cousin Edgar lui apportait un banjo !

Pour cacher son émotion, le jeune Joë reprit son sifflement.

Il était ému en lui-même, le jeune Joë, mais fier, et ne pardonnant pas la mauvaise plaisanterie, il ne savait s'il devait accepter ce banjo ou carrément le refuser.

Avant de s'engager par une réponse, un remerciement quelconque, il tenait tout d'abord à consulter son chef.

Si le chef Franck disait qu'il pouvait accepter le banjo, Joë serait heureux de le prendre.

Jusque-là, il ne ferait rien connaître de ses sentiments.

Et c'est ainsi, très calme et sifflant, que Joë amena la voiture devant la maison du patron John Harding.

CHAPITRE VI

LA QUESTION DU BANJO

John Harding se tenait sur la petite terrasse, devant la maison.

Le cousin Edgar sauta de la voiture, courut à son oncle.

L'oncle John le reçut les bras ouverts, et lui donna une affectueuse accolade.

Joë, qui n'avait pas à en voir davantage, mena sa voiture, chargée des bagages du cousin, devant le pavillon appelé « pavillon des amis ».

Mais ces bagages, dans lesquels se trouvait le banjo... ces bagages, à moins d'un ordre express du chef Franck, et même pour le banjo, il ne daignait pas y toucher.

Tranquillement, il attendit que deux garçons de bonne volonté, requis par la tante Fanny voulussent bien en débarrasser la voiture.

Ensuite, Joë alla rentrer le cheval et remiser la voiture.

Puis il se mit en quête du gérant.

Il le trouva dans une prairie, examinant un troupeau et parlant avec les gardiens.

— Eh bien ! lui demanda Franck en l'apercevant, il est joyeusement arrivé ?

— Oui. Voilà, chef... il est arrivé joyeusement.

— Bon, mon garçon.

Alors, Franck se dirigea vers la maison, pour saluer le nouveau venu, neveu de son patron.

Le petit Joë, allongeant ses jambes, marcha à côté de lui.

— Voilà, chef... finit-il par dire. J'ai quelque chose à vous demander.

— Demande, mon garçon.

— Voilà, chef ! Vous savez que le joyeux cousin, pour faire une plaisanterie, a cru bon de me donner un coup de pied là où mon veston finit !...

— Oui, mon garçon...

— Je lui aurais fait payer cher... avec mon revolver, cette plaisanterie... mais vous m'avez recommandé d'être calme... de laisser cela tranquille, pour ne pas troubler la maison.

— Tu m'as écouté... c'est bien, mon garçon.

— Oui, mais voilà, chef... Bien que ce coup de pied m'ait été donné là... il n'est pas sorti de ma tête...

— Diable !

— Non ! Je garde rancune à ce joyeux cousin, vous le savez.

— Je le sais... tu as tort... mais si ton caractère t'empêche d'être autrement, ni moi, ni toi, nous n'y pouvons rien.

— Non, chef.

— Alors ?

— Alors, voilà, chef... Vous ne savez pas une chose, que je ne vous ai pas encore dite.

— Naturellement... Mais si tu me la dis, je la saurais.

— Bon, voilà, chef... J'ai, depuis long-temps, grande envie d'un banjo...

— D'un banjo !

— Oui, chef, pour accompagner mon sif-flet.

Franck s'écria en riant :

— Alors, mon garçon, mais comment fe-ras-tu pour accomplir ton travail en jouant du banjo ?

— Le banjo sera pour après le travail.

— La nuit ?... Tu nous empêcheras de dormir !... Si tu crois que ce n'est pas assez des grenouilles des mares...

— Je m'arrangerai, chef, pour que per-sonne ne m'entende.

— Bon... c'est un banjo muet que tu veux... Enfin, ce banjo, où est-il ?

— Voilà, chef, dans les bagages du joyeux cousin !

— Ah !

— Oui... Le joyeux cousin m'apporte un banjo pour faire la paix avec moi.

— C'est bien... C'est une bonne idée...

— Oui, mais voilà, chef, avant de prendre ce banjo, avant de l'accepter, je vous de-mande si je dois céder et enfin garder le banjo ?

— Mais oui, mon garçon... Prends donc ton banjo ! Fais ta musique... Va... Prends le banjo.

— Bien, chef... Alors, je vous donnerai sous peu de jolis concerts...

Maintenant, en tant qu'assistant du gé-rant, il accompagnait son chef à la maison du patron.

Mais, pendant que Franck allait serrer la main du cousin, Joë, assis sur les marches devant la maison, reprit son sifflet et, sur une branche d'arbre ramassée en chemin, il essayait les doigts de la main gauche, pour voir comment ils feraient sur le manche du banjo.

Miss Doris ne se trouvait pas à la maison, quand son cousin y parut.

Elle était en promenade, à cheval, en tour-née dans quelque prairie, dans un ranch.

Elle rentra sans plus d'empressement que de coutume, un peu avant l'heure de se met-tre à table.

Doris voulait faire entendre qu'elle ne changerait rien à ses habitudes, même pen-dant la présence du cousin au ranch.

La première entrevue des deux cousins fut très simple.

Le joyeux cousin, en apercevant Doris, s'écria :

— Ah ! ma cousine... Elle a résolu un pro-blème difficile... que je croyais impossible... Celui d'être plus jolie encore qu'à ma der-nière visite !

Très calme, Doris tendit non son front, ses joues rosées à son parent, mais seule-ment la main, en allongeant bien le bras.

— Bonjour, cousin Edgar, dit-elle, sans paraître avoir entendu sa joyeuse exclama-tion... Vous avez fait bon voyage ?

Et, sans même attendre la réponse, elle dit à son père :

— Le cousin Edgar doit avoir faim... Je vais faire servir... Passez à table... Franck, naturellement, vous dînez avec nous...

En passant dans l'autre pièce, elle entendit le sifflet de Joë.

Par la fenêtre, elle le regarda, sans qu'il s'en doutât.

Elle le vit remuer ses doigts sur son bout de branche et, entraîné, gratter cette bran-che de la main droite.

Déjà, dans son idée, Joë s'exerçait sur son banjo... Déjà il en jouait !...

Déjà il se voyait virtuose !

Doris le regarda quelques instants, amu-sée.

Puis, elle-même aussi enfant que le ga-min, elle alla dans la salle à manger.

Dans le compotier, elle prit une orange et, par la croisée, elle la jeta sur la tête du mu-sicien, et se sauva.

Joë pensa tout de suite que cette orange ne pouvait lui être adressée que par un ami, le patron, peut-être, ou le gérant, son chef.

Il crut plutôt à une plaisanterie de miss Doris. Pas une seconde il ne pensa que le joyeux cousin y était pour quelque chose... Sans cela !... Hum !...

Alors, non seulement il ne se fâcha pas,

non seulement son orgueil d'assistant ne se trouva pas froissé de cette orange reçue sur la tête au beau milieu de son feu musical, mais, prenant bonne part à la plaisanterie, il ramassa l'orange et, se tournant vers la croisée, il salua gravement.

— Voilà, dit-il, déjà la musique me nourrit !...

Il se mit tranquillement à manger l'orange.

Un éclat de rire perlé, exquis, résonna près de lui.

Miss Doris, maintenant à une autre croisée, lui dit :

— Hello, assistant !... C'est par le dessert que tu commences le dîner ?

Le jeune Joë répondit au rire de Doris par son jeune rire.

Doris lui dit encore :

— Eh ! Joë, voilà... ton chef dîne à la maison.

— Bien, miss Doris.

— Toi aussi, si tu veux...

— Bien, miss Doris... Merci.

— Je t'appellerai au dessert.

— Merci !

CHAPITRE VII

LE BON RÊVE

Quand Franck, comme ce soir, dînait chez le patron, c'est quand il y avait du monde, ou aux fêtes, ou aux jours de rendement de comptes, ou aux veilles de gros marché, ou presque tout le temps.

Bien qu'au ranch tout fût de la plus grande simplicité, que l'on y vécût comme dans une grande famille quand il y avait du monde, on ne tenait pas à avoir le gamin à table.

Alors, l'assistant dînait soit avec la bonne tante Fanny, soit chez le patron, à la cuisine, où Fanny venait seconder la cuisinière Molly dans le service.

Et l'assistant les assistait toutes deux.

Doris, cependant, presque toujours l'appelait au dessert et dès qu'elle faisait de la musique.

Joë, alors, heureux, prenait place sur un tabouret près du piano ou du petit harmonium et, ravi, il écoutait, dévorant des yeux la jeune fille, pour qui il avait un véritable culte.

On aimait beaucoup le petit, dans la mai-

son. On le traitait comme le frère du gérant.

Mais jamais Joë ne serait entré sans qu'on l'appelât. Quand on l'oubliait, ou quand on le croyait déjà avec la cuisinière, ou avec la tante Fanny, tout bonnement Joë attendait dans la cour, dans le jardin, sur un banc, qu'on pensât à lui, ou que son chef sortît de la réunion.

Ce soir, on l'appela au dessert.

Ce fut, pour le joyeux cousin, qui, pendant tout le repas, s'était montré d'une verve intarissable, l'occasion de nouveaux traits d'esprit.

Il eût voulu prendre le gamin comme cible et faire rire à ses dépens.

Mais il comprit, au front plissé du gamin, au froid qui accueillit ses premières tentatives, qu'il ne devait pas continuer.

Doris avait fait asseoir le petit près d'elle.

Elle lui donnait elle-même le dessert et lui parlait affectueusement pour qu'il n'entendît pas les paroles du joyeux cousin.

Même, le patron John ne trouva aucun sel aux plaisanteries de son neveu ; cependant, chaque saillie le mettait en joie, généralement.

Alors, sentant qu'il faisait fausse route, le cousin Edgar bifurqua brusquement et dit à Doris :

— Ma chère cousine, sachez que nous avons à peu près fait la paix, le jeune Joë et moi.

— Vraiment ! J'en suis heureuse...

— Oui, j'ai été un grand maladroit, avec lui... mais j'ai voulu lui montrer que, moi aussi, je le tenais, comme tout le monde ici, en grande affection... Et demain, quand je déferai mes malles, il verra qu'à New-York, j'ai bien pensé à lui...

Joë tourna les yeux vers son chef.

Et comme Franck souriait, l'assistant crut devoir, lui aussi, sourire.

— J'ai, reprit le cousin, apporté au bon musicien qu'est Joë, un instrument qui poura s'allier avec son sifflet... Demain, Joë devra vous jouer son grand opéra sur le banjo !

— Mon cher cousin, dit Doris, vous avez eu une excellente idée...

Et, donnant une bonne caresse sur la tête du gamin, enfouie dans un énorme fruit, elle dit :

— Je t'apprendrai à en jouer, de ton banjo.

Ce soir, l'assistant Joë était aussi heureux, près de cette adorée Doris, que si le bon

Dieu des boys, des cow-boys célestes, l'avait pris comme assistant à sa main droite.

Plus tard, dans sa petite chambre, voisine de celle de son chef, Joë fit des rêves d'or.

Tous les anges, au paradis, avaient remplacé leur luth et leur harpe par des banjos.

Et lui, lui Joë, voilà, jouait avec eux du banjo, pendant que miss Doris se tenait au petit harmonium.

Le divin concert avait lieu dans une des prairies du ranch.

Et comme auditeurs, à côté du Père Eternel, se tenait le patron John Harding, le gérant Franck, la tante Fanny, Molly, la cuisinière... le cheval Cigarette, et, bien loin, au bout de la prairie, derrière une barrière, le joyeux cousin Edgar.

C'était un rêve admirable, vous voyez...

Mais le lendemain, bien qu'il eût rêvé de son banjo, le jeune Joë fut avec son chef, à l'heure habituelle, à l'écurie, à son travail.

Il aida son chef à faire la toilette de Cigarette.

Et, peu après, tous deux, gérant et assistant, sur leurs chevaux, Cigarette et Captain, allèrent à l'entraînement.

Cigarette se montra encore en très belle forme.

Le pari devait être tenté le lendemain.

Et miss Doris avait encore affirmé à Franck qu'elle voulait, elle, monter Cigarette.

Alors, voyant que rien ne pouvait faire revenir Doris sur cette décision bien arrêtée, Franck fit le nécessaire pour que l'épreuve fût tentée dans les meilleures conditions, dans la plus grande sécurité.

Doris vint rejoindre à la prairie, au champ d'entraînement, le gérant et l'assistant.

Franck lui remit le cheval et les exercices commencèrent.

Ils se déroulèrent à la grande satisfaction de Franck et eurent l'approbation de l'assistant.

C'était la meilleure des garanties de succès.

Comme le cousin dormait encore, on était sûr de ne pas le voir apparaître et gêner tout le monde par ses questions forcément indiscrètes.

Il ne se leva que tard dans la matinée, le cousin Edgar.

A New-York, il avait l'habitude de passer la nuit debout, ce qui est une façon de dire assis devant une table de jeu, et ne s'éveillait naturellement que vers le milieu du jour.

Les affaires dont il s'occupait ne se traitaient que la nuit.

Quand on remit Cigarette à son écurie, quand on revint vers la maison, le joyeux cousin se levait à peine.

Entre temps, il avait défait ses malles et sorti les cadeaux qu'il rapportait de New-York.

CHAPITRE VIII

BLANC ET NOIR EN MÊME TEMPS

Doris emmena le gérant et l'assistant par-dessus le marché, à la maison où devait se trouver son père.

Comme, avec le patron, on parlait des performances de Cigarette et du bon espoir qu'on gardait. parut le cousin Edgar.

En riant, il portait une basquette pleine de souvenirs rapportés de New-York pour ses parents, pour ses amis.

Et Joë vit, non sans émotion, le manche de son banjo dépasser la corbeille.

Le cousin Edgar commença la distribution de ses souvenirs.

Il les accompagnait de commentaires plus ou moins plaisants, plus ou moins spirituels, mais dont il riait fortement tout le premier et dont tout le monde, par politesse, se croyait obligé de rire.

Il commença par Doris.

Il lui donna une montre-bracelet.

— Qu'elle marque pour vous, ma chère cousine, dit-il gravement, l'heure du bonheur !

Il lui donna quelques flacons de nouveaux parfums à la mode.

Au patron, il présenta une boîte d'une nouvelle marque de cigares dont on raffolait à New-York.

A Frank, il donna une pipe avec un système magnifique qui la rendait absolument imbouchable, selon le terme du fabricant.

En enfin, aux applaudissements de tous, à Joë, un banjo.

Le cousin joyeux n'oublia ni la cuisinière Molly, ni la tante Fanny.

On le remercia, mais sans grand enthousiasme.

On se demandait pourquoi le joyeux cousin, cette fois, se montrait d'une telle généreuse amabilité.

Les autres fois, les cadeaux n'étaient pas aussi beaux, ni aussi nombreux.

Car, malgré toute la bonne volonté de chacun, le joyeux cousin Edgar restait toujours suspect.

A tort, peut-être, mais on ne pouvait écarter ce sentiment défavorable.

Dans l'après-midi, le cousin réclama un cheval, comme de coutume.

Franck lui en donna un, qui lui convint.

Aussitôt, avec Doris, Joë et Franck, il partit pour une bonne randonnée.

— J'ai besoin, dit-il, de me dérouiller les jambes.

Dans la soirée, le gérant Frank fut appelé par le patron à la maison.

Le patron, tout enchanté, allait faire une partie de cartes avec le joyeux cousin.

La partie fut très sérieusement débattue et, comme toujours, le patron perdit.

Franck, bien que n'aimant guère les cartes, suivait le jeu.

Le patron était, nous le savons, de première force.

Longtemps, les chances furent égales.

Edgar ne l'emporta que de bien peu.

Cela n'étonna d'ailleurs aucunement le gérant.

— C'est toujours ainsi, se dit-il... au début, les jeux sont à peu près égaux ; vers le milieu du séjour, le patron gagne... A la fin, le joyeux cousin rafle tout ce qu'il veut... Et il s'en va, redoré sur toutes les coutures...

En lui-même, il conclut :

— C'est bien ce que l'on pense ici... Le joyeux cousin vient se refaire chez l'oncle, très riche, des pertes faites à New-York... Quand il a équilibré son budget, il nous dit au revoir...

... Mais le joyeux cousin ne s'en tenait pas au jeu familial.

Il ne se contentait pas de gagner à son cher oncle d'assez jolies sommes ; il en voulait de plus fortes...

Sans se douter du désir de son neveu, le brave John Harding invitait quelques amis, quelques voisins, comme lui amateurs de cartes.

Et, malgré les remontrances de Doris, qui n'aimait pas beaucoup cela, la maison du maître du ranch Harding ressemblait parfois à une véritable maison de jeu.

Plus encore, le joyeux cousin acceptait les revanches de ceux qu'il avait battus.

Il se rendait chez eux et, là encore, la veine continuait à le suivre fidèlement.

Le cousin Edgar faisait aussi quelques visites aux cercles des villages et des villes voisines.

Et, de ces tournées, il tirait un grand profit.

Les Américains sont beaux joueurs et bons sportifs. Le combat, le match est absolument sincère.

Mais la victoire est loyalement acceptée par le vaincu.

C'est ainsi que ceux que le cousin Edgar dépouillait dans les règles ne lui en gardaient pas rancune et le félicitaient de sa chance remarquable.

Les plus malins du pays, ceux qui passaient pour les maîtres, se disaient que ce joueur de New-York était plus fort qu'eux, voilà tout.

Entre eux, ils travaillaient. Ils cherchaient à prendre leur revanche.

— Nous le battrons ! se disaient-ils. Nous arriverons bien à le battre !

Il en était ainsi lorsqu'un voyageur, venu pour affaires dans le pays, un nommé Jameston, qui achetait des bœufs, assista, un soir, à une de ces parties, dans un club de la ville.

Ce Jameston ne connaissait même pas de vue Edgar Brown.

Mais à New-York, il avait, par des amis, vaguement entendu parler du joyeux cousin.

Il se trouvait précisément au club, un soir d'une brillante partie.

Et ce fut son ami Patterson, celui avec qui il était venu traiter une affaire, qui, ce soir, fut le malheureux partenaire du joyeux cousin.

Jameston ne dit rien, durant la soirée.

Pendant la partie, il se tint coi, se contentant de regarder, de suivre attentivement le jeu.

Mais, en revenant, quand il se trouva seul avec son ami Patterson, allégé d'une jolie somme, il lui dit :

— Mais, mon cher ami, ni vous, ni aucun de vos amis n'arriverez à battre cet homme.

— Pourquoi ?

— C'est un gentleman professionnel du jeu.

Patterson sursauta :

— Un professionnel !

Il n'en croyait rien.

Le cousin de son ami John Harding, un professionnel de jeu ! Impossible !

Et cependant...

Alors, rappelant ses souvenirs, faisant des rapprochements, Jameston ajouta :

— Si j'ai bonne mémoire, ce cousin Edgar Brown est un de ces écumeurs de cercles, qui sont des plus redoutables pour les imprudents de la haute vie des capitales.

— Ah ! vraiment ?

— J'ai entendu dire, mais je ne l'affirme pas, que ce Brown a eu plusieurs fâcheuses affaires.

— Ici, on n'en a rien su.

— Sans aucun doute, car, dans les clubs, les tripots où il opère, cet Edgar Brown se cache sous divers autres noms...

— Oh !

— Je n'affirme rien, encore une fois... Cependant, je crois me rappeler que c'est sous le nom de White, John White, qu'il masque ses hauts faits et accepte ses condamnations.

Le bon Patterson se mit à rire.

— Ah, ah !... Amusant, ce que vous m'apprenez là, ami Jameston... Donc, le joueur Edgar Brown... comme on dit en français, Edgar Noir... commet ses exploits... et c'est John Withe, autrement dit Jean Blanc, qui les paie !... Vraiment, c'est original...

L'entretien ne devait pas s'en tenir là.

CHAPITRE IX

LES CADEAUX DU COUSIN

Patterson fit part, sous le sceau du secret, à des amis, dépouillés comme lui, de ce qu'il venait d'apprendre.

Et alors, convaincu qu'ils ne pourraient, par leurs propres moyens, se rattraper, ils décidèrent entre eux de se venger d'une autre façon et de battre le terrible joyeux cousin avec ses propres armes.

C'est-à-dire à lui opposer un homme à leurs gages, un joueur professionnel, un écumeur de tripots, un assécheur de portefeuilles.

Alors, comme, en Amérique, quand une chose est décidée, elle est aussitôt mise à exécution, — et ici, sans jeu de mots, il s'agissait d'exécuter un écumeur, — le lendemain même, le bon Patterson prenait le train et, avec l'obligeant ami Jameston, se dirigeait vers New-York.

Il allait y engager un joueur professionnel.

En somme, une espèce de bandit, pour venger ces honnêtes gens malchanceux aux cartes.

La vie a de ces singularités.

Une autre singularité, quoique de moindre envergure, était celle dont le jeune Joë, l'assistant siffleur, était le héros.

Nous connaissons son envie d'avoir un banjo.

Or, le cousin Edgar venait de lui apporter en souvenir de New-York, un superbe banjo, tout reluisant, tout nickelé, sur lequel on devait pouvoir faire de la belle musique ou, tout au moins, du beau tapage, ce qui est souvent la même chose.

Eh bien, voilà ! L'assistant Joë ayant remercié le cousin Edgar du joli cadeau, emporta le banjo dans sa chambre.

Il l'accrocha à un clou et il n'y toucha pas une seule fois.

— Pourquoi ne prends-tu pas ton banjo ? lui demanda Doris.

— Je ne sais pas jouer...

— Je te donnerai des notions.

— Vous êtes bien bonne pour moi !...

Le gérant, lui aussi, s'inquiéta de ne pas le voir jouer de son instrument tant désiré.

Il lui en demanda la raison.

— Voilà, chef, répondit Joë... Vous m'avez dit que je devais prendre ce cadeau du joyeux cousin... Bon... je l'ai pris... Mais cet homme, moi, je le hais, malgré son cadeau...

Le gérant sourit, donna une tape amicale sur la tête de son assistant.

— Bon, garçon, dit-il, mais le banjo n'est pas responsable...

— Non... mais voilà, chef... Si j'en jouais, il me semblerait que c'est la voix de cet homme que j'entendrais... et comme j'aimerais lui serrer la gorge, je ne peux faire chanter son banjo...

Il n'y avait rien à répondre à ce jeune entêté.

Et le rusé petit bonhomme, avisant la vieille pipe en bois que fumait Franck, lui dit :

— Vous me comprenez, vous, chef ?

— Probablement.

— Puisque le joyeux cousin au banjo vous a donné une belle pipe perfectionnée et que vous continuez à fumer votre ancienne camarade...

— Oui... oui... dit en riant Franck, mais voilà, mon vieux Joë... moi, je suis habitué à ma pipe et...

— Et moi, répliqua Joë, je suis habitué à siffler sans banjo...

Il n'y avait rien à dire.

L'assistant Joë avait raison.

Doris sembla d'ailleurs partager les sentiments du gérant et de l'assistant.

Elle ne porta jamais le bracelet-montre enrichi de diamants, se contenta de celui qu'elle avait toujours à son poignet et elle ne déboucha jamais les flacons de parfums à la mode.

Sans aucun doute, tout cela n'échappa point au regard du cousin.

Il pensa :

— Oh ! oh ! oh !... Ces trois-là ne m'aiment pas beaucoup !

Mais en revanche, et c'était sa consolation, l'oncle John fumait avec délice les cigares de la nouvelle marque, et les trouvait excellents.

— Ceci, se disait Edgar, est le plus important... Les autres, nous verrons... nous verrons...

Donc, en venant encore ici, au ranch Harding, le joyeux cousin Edgar avait une pensée secrète, un plan derrière la tête.

Etait-ce seulement de prendre à l'oncle et aux amis le plus d'argent possible ?

Nous le verrons par la suite.

... Enfin, malgré toutes ces tribulations, le jour du pari, du match de la barrière des Blacktown arriva.

Dans le champ du ranch des Blacktown, où se trouvait le coral dont il fallait franchir la barrière, étaient joyeusement, bruyamment assemblés, non seulement les hommes du ranch ayant matché, mais ceux du ranch Harding... beaucoup de cow-boys des ranchs voisins, des amis communs de la ville, des environs.

C'était une façon de petite fête.

Dans la prairie, les sujets de distraction ne sont pas nombreux et le moindre amusement prend tout de suite une importance considérable.

... Le matin du match, il y avait eu, chez Harding, une scène assez forte.

Ce matin seulement, à la dernière heure, le bon John Harding apprit au joyeux cousin que le héros, celui qui allait tenter le pari était Doris.

Le cousin Edgar se récria :

— Non, jamais je ne permettrai cela... Non ! Ecoutez, mon oncle... Veuillez m'écouter, ma chère Doris, ce pari offre grand danger...

— Sans cela, ce ne serait pas un pari intéressant, déclara Doris.

— D'accord. Mais ce danger, ce n'est pas vous, Doris, pas vous qui devez l'affronter... Ce péril, ce n'est pas vous qui devez le courir...

— C'est ce que je dis tout le temps à Doris, déclara John Harding. Mais elle ne m'écoute pas...

— Il faut, cependant...

— Rien à faire, mon ami... Doris a sa volonté. Je dois m'incliner... Doris commande, ici... dans tout le pays... Doris est la Reine des Ranchs...

Tout doucement, Doris intervint :

— Pardon, mon père... Rappelez-vous les conditions du match...

— Oui... oui... je sais.

— Je vais les redire pour votre neveu... Il y a une barrière que les Blacktown prétendent qu'aucun autre cheval qu'un de leur ranch ne pourra franchir... Pour ce match, il faut un cheval né dans nos écuries, élevé dans un de nos prés et un homme de la famille le montant.

— Eh bien... L'homme de la famille...

— Attendez... Mon père étant trop âgé, les Blacktown ont accepté le gérant Franck.

— Mais puisque je suis là !

— Merci, mais l'homme de la famille, ce sera moi...

Le cousin Edgar insista encore.

— Voyons, ma chère cousine, puisque le hasard fait que je suis ici... c'est à moi, à moi... Je ne veux pas... je ne veux pas que vous vous exposiez quand moi je suis là... Je dois...

Doris lui coupa la parole :

— Pardon, vous ne voulez pas, pour l'honneur du ranch Harding, que l'on puisse dire que, pour ce match, nous avons dû faire venir un homme de la ville !...

D'une voix précise, sur un ton qui n'admettait aucune réplique, Doris conclut :

— Si je ne pouvais monter, ce serait Franck qui prendrait la place.

— Mais...

— Mais je peux... je dois... je ferai...

Alors le cousin Edgar murmura, s'adressant au bon Harding :

— Mon cher oncle, alors, je ne vais plus vivre jusqu'à la fin du match...

En riant, Doris, qui avait entendu, ajouta :

— Dans ce cas, apprêtez-vous à mourir deux fois... car vous n'êtes pas au bout de vos émotions...

Et, riant toujours, elle sortit.

CHAPITRE X

LE PARI

Joë l'attendait, assis sur les marches de l'escalier blanc.

Elle lui prit la main et, en courant, heureuse, elle se dirigea vers l'écurie où Franck sellait le cheval, achevait de le parer comme pour une fête.

Tout en courant, le petit Joë dit à Doris :

— Voilà, miss Doris. J'ai tout entendu !

Doris rit de plus belle.

— Ah ! vilain curieux petit garçon, qui, comme une souris, te faufiles dans les coins où il ne faut pas...

Mais Joë, riant de même, ajouta :

— Et le gérant sera bien content quand je le lui raconterai...

Il ajouta, s'esclaffant :

— Non, mais ! Il est fou, cet homme... quoiqu'il soit votre cousin !... Il croit qu'une barrière de ranch se saute comme on abat une carte sur un tapis de table !...

Le cousin Edgar se fit donner, par l'oncle John, des précisions sur la barrière, le danger du match.

Il leva les bras au ciel, désespérément.

— C'est de la folie ! s'écria-t-il, c'est de la folie... Mais elle peut se tuer, cette malheureuse !... Elle peut se tuer !...

Mais, en se rendant à l'écurie, avec son oncle, pour prendre aussi leurs chevaux, le joyeux cousin, en lui-même, répétait :

— Oui, se tuer !... se tuer !...

Et il pensait :

— Mais si elle se tue... Si elle se tue, je deviens, moi, le seul héritier de mon oncle John Harding !... C'est moi qui hérite de la fortune... des ranchs, de tout... Si elle se tue... si elle se tue !...

Et, avec plus d'émotion encore qu'on ne pouvait le penser, mais d'une angoisse pour tout autre motif, le joyeux cousin s'apprêtait à suivre cette course folle, à assister à ce singulier match, d'où dépendait pour les autres le bon renom, la gloire du ranch ; pour lui, la fortune.

— Si elle se tue !... se répétait-il.

Et quand il vit Cigarette, vif, plein d'ardeur, que Franck, par la bride, ne parvenait à maintenir qu'avec peine, il se dit :

— Elle va se tuer, certainement... Elle va se tuer !...

Le départ du ranch Harding vers le lieu de la compétition revêtit une grande solennité.

Tous les cow-boys avaient passé leurs plus beaux habits pour faire honneur à celui qui allait défendre leur renom.

Tous, jusqu'à présent, étaient persuadés que ce serait Franck, leur gérant, leur chef, et sans conteste le meilleur homme de cheval non seulement du ranch, mais de la région.

Ils se tenaient sur une seule ligne, dans une prairie derrière les écuries.

Ils étaient une vingtaine, grands, forts, rudes, bons garçons.

Tous plus émus qu'ils ne voulaient le laisser paraître.

Le patron John Harding monta sur son cheval.

Le cousin prit celui qu'on lui donnait.

Franck sauta sur un des siens.

Et Joë, plus fier que tous, se hissa sur son Captain.

Alors, le groupe se forma.

En tête, Doris ayant son père à sa droite, Franck, le gérant du ranch, à sa gauche.

Près du père, le joyeux cousin, qui ne riait pas, en ce moment, vint se placer.

Derrière, à un pas de cheval, venait, majestueux, l'assistant de cet état-major, Joë, le siffleur qui ne sifflait pas.

Le groupe descendit dans la prairie, où tous les cow-boys étaient rangés, attendant.

Les garçons tirèrent respectueusement leur grand chapeau devant miss Doris, devant le patron.

— Bonjour, mes garçons ! dit Harding.

Tous répondirent cordialement :

— Bonjour, master Harding !...

Ils ajoutèrent :

— Bonjour, miss Doris !

Doris leur sourit.

— Bonjour, mes amis !

Le patron dit encore :

— Dieu nous aide, mes garçons !...

— Patron, Dieu soit avec nous !

Derrière le groupe, les cow-boys se rangèrent et suivirent.

C'était une troupe admirable de chevaux superbes, de cavaliers magnifiques.

Ils se dirigèrent vers le ranch des Black-town.

En route, le cortège se grossissait des camarades que l'on rencontrait.

Mais les hommes du ranch Harding, maintenant, étaient anxieux.

Ils savaient que Franck proposait Cigarette pour cette épreuve sensationnelle.

Tous, ils avaient suivi l'entraînement du cheval.

Ils avaient la conviction que ce serait Franck qui tenterait cette épreuve.

Et, aujourd'hui, Franck montait un de ses chevaux habituels !

Puis ils voyaient miss Doris sur Cigarette...

Qu'est-ce que cela signifiait ?

Ils se demandaient tout bas :

— Est-ce que c'est miss Doris qui va relever le défi ?...

Certes, ils connaissaient l'habileté de la jeune fille. Eux, cavaliers hors de pair, ils savaient que miss Doris les valait...

Elle était aussi habile, à cheval, que le meilleur d'entre eux, la Reine des Ranchs.

Mais la barrière était dangereuse !

Elle les faisait trembler, eux, les hommes.

Et cette jeune fille allait l'affronter ?

Comme le joyeux cousin Edgar, mais avec un tout autre sentiment, ils se disaient :

— Elle va se tuer !...

C'est le cœur serré, sans rires, sans joyeuses plaisanteries, comme d'autres fois, à pareilles réunions, que la petite troupe arriva sur le champ d'épreuve.

Le père des Blacktown, avec ses trois fils, vint, par courtoisie, par amitié, au-devant de John Harding, le saluer, rendre hommage à miss Doris.

A ce moment, tous les assistants, tous ceux qui étaient venus pour voir le match, élevant leur chapeau, crièrent d'enthousiasme :

— Vive miss Doris !... Vive la Reine des Ranchs !...

Puis des paris s'établirent.

Ceux qui avaient eu la chance de voir sauter le cheval des Blacktown pariaient à coup sûr.

Ce cheval Grashoper était extraordinaire.

Lui seul pouvait sauter cette barrière.

Il était monté par le plus jeune des Blacktown : Fred, un bon et brave camarade, très vaillant, très aimé.

La foule des spectateurs se rangea ensuite près de la fameuse barrière, dégageant le champ de course.

Jusqu'à présent, tout le monde croyait que Franck allait courir.

On pensait seulement que Doris montait un nouveau cheval, comme il arrivait souvent, un peu vif, impatient.

Personne ne se doutait de ce qui était la vérité.

Le jeune Fred alla donc au bout de la prairie.

Le père des Blacktown donna le signal.

Fred s'élança. Sa bête était magnifique.

Doris, Franck, tout le monde l'admirait.

Mais, en eux-mêmes, Franck, Doris et l'assistant Joë pensaient en outre que Cigarette était sinon meilleur, du moins de valeur égale.

Donc, les chances n'étaient pas disproportionnées.

Le cheval, parti au signal, arriva comme un trait devant la barrière.

Il sauta dans la perfection.

Tout le monde applaudit.

Quand, au milieu des bravos, Fred, heureux, caressant l'encolure de sa bête, vint devant son père et John Harding, toutes les mains se tendirent sympathiquement vers lui.

Doris fut la première à lui présenter ses félicitations, dont il parut extrêmement touché.

Puis, quand l'enthousiasme sportif fut un peu calmé, que le tour était venu au compétiteur de se présenter, Doris réclama le silence et dit :

— Nos amis Blacktown sont trois garçons ! Mon père n'a qu'une fille à leur opposer : moi !... Croyez bien que je n'ai pas la prétention de valoir à moi seule trois beaux garçons, grands et forts comme eux. Mais je vais quand même essayer de défendre les couleurs du ranch de mon père.

Surprise, émue, la foule se récria :

— Non, pas vous... C'est trop dangereux !

Mais, déjà, Doris, au galop, partait vers le bout de la prairie.

CHAPITRE XI

L'AUTRE PARI

Alors, une angoisse extrême étreignit tous les cœurs.

Non sans grande émotion, le père des Blacktown donna une seconde fois le signal.

Doris lança Cigarette.

Tout de suite, aux yeux de ces parfaits connaisseurs en chevaux, apparurent les rares qualités de Cigarette.

Comme vitesse, légèreté, sûreté de pied, il valait Grashoper.

Restait à savoir ce qu'il donnerait comme sauteur.

L'angoisse grandissait au fur et à mesure que Cigarette approchait de la barrière.

Seul, dans toute cette émotion, Joë regardait sans trouble.

Lui, il avait jugé que Doris gagnerait le match.

Et, avec deux voisins, qui se moquaient un peu de lui, de ses affirmations, il avait engagé un joli pari.

Un pari qui devait lui rapporter, dans son idée, de quoi acheter au moins une dizaine de beaux banjos...

... Arrivée devant la barrière, Doris cria, de sa jolie voix, un « houp ! » qui parut être le cri d'un oiseau passant dans l'air.

Elle enleva son Cigarette.

Cigarette, avec légèreté, grâce, une aisance admirable, franchit la barrière.

Alors ce fut du délire.

Des applaudissements fous crépitèrent, les cow-boys agitaient leur chapeau en hurlant le chant de triomphe du ranch.

Des coups de revolver pétaradèrent de tous côtés.

Et, d'une seule voix, quand Doris, souriante, heureuse, revint vers son père, les deux camps, enthousiasmés, crièrent :

— Vive la Reine des Ranchs !...

Fred, le premier, courut à Doris et lui serra cordialement la main.

— Je suis heureux, miss Doris, de votre succès, de votre triomphe !

John Harding avait des larmes dans les yeux... Il embrassa sa fille.

Le père des Blacktown, à son tour, prit la jeune fille dans ses bras.

En riant, il cria :

— Mais vous valez mes trois fils !...

Et, en bon père, affectueusement, il l'embrassa.

Au milieu de cet enthousiasme, Doris, répondant aux félicitations, dit alors :

— Mes chers amis, moi, j'ai sauté seulement... Mais celui qui a tout le mérite du succès, c'est celui qui a préparé mon cheval, c'est Franck.

Et elle alla lui serrer la main.

— Merci, Franck... lui dit-elle, émue, merci !

Comme tout le monde, dans le pays, aimait le bon et brave garçon, on l'associa avec joie à la gloire de la jeune fille.

Le cousin Edgar crut bon d'essuyer une larme :

— Ma chère cousine, maintenant seulement je respire !

Il serra aussi les mains de Franck.

Joë sifflait doucement et il encaissait les dollars de son pari.

Enfin, Doris réclama le silence.

— Mes amis, dit-elle, une politesse en vaut une autre... Vous nous avez ouvert une compétition pour une barrière, chez vous... j'en ouvre une autre pour une même barrière, chez nous...

De gais bravos accueillirent ces paroles.

— Vous allez nous suivre, reprit Doris, nous allons vous montrer la barrière.

Alors, derrière Cigarette, toute la troupe partit au galop.

Doris montra la barrière du coral vide.

Les cavaliers regardèrent l'obstacle, l'examinèrent...

Et tous la considérèrent avec respect, sinon avec effroi.

La pensée de tous était celle-ci :

— C'est un casse-cou !

— J'accepte ! dit cependant Fred.

Doris lui tendit la main, comme il se fait dans la prairie, à tout engagement.

Puis, comme quelques cavaliers raisonnables objectaient que c'était risquer la vie d'un cheval et d'un cavalier, tout doucement Doris pria les assistants de dégager la barrière, la piste.

Elle gagna le bout de la prairie pour prendre de l'élan.

Et, lançant Cigarette, elle arriva sur la barrière.

Comme nous le lui avons vu faire déjà, elle sauta la barrière, causant à tout le monde une absolue stupéfaction.

Fred, plus que tous autres, applaudit.

Et, courageusement, ne sachant s'il pouvait demander à son Grashoper pareil effort, il gagna cependant le bout de la prairie.

Grashoper sauta également, mais moins bien que Cigarette, et il accrocha le dernier barreau de la barrière.

Mais l'honneur était sauf et le succès fut aussi grand.

Doris et Fred, côte à côte, passèrent devant la foule, recevant les félicitations bruyantes, les bravos et les grands coups des énormes chapeaux.

Celui qui, dans cet enthousiasme, tout en criant aussi fort, gardait au fond de lui-même une grande inquiétude, c'était le joyeux cousin.

— Elle ne s'est pas tuée, se disait-il. Ces

deux barrières n'ont pas servi ma chance. C'est, comme on dit en terme de jeu, deux bûches dans mes atouts.

Mais ce qui l'inquiétait plus encore, c'était cette amitié, cette association dans le succès qui unissait Doris et Fred, les deux adversaires dans cette double compétition.

— Est-ce que ce premier défi, se demandat-il, cette invention de la barrière, n'est pas un stratagème du père Blacktown pour faire se rencontrer ma chère cousine avec son charmant jeune fils ?...

C'était possible.

— Est-ce que ce ne serait pas pour faire entendre au bon John Harding qu'on lui fournit un garçon pour ses domaines, qui manquent de jeune maître ?... Est-ce que ce n'est pas une indication de mariage ?...

En effet, dans tout le district, le bon John Harding ne pouvait trouver parti meilleur pour sa fille.

Et les craintes du joyeux cousin prirent corps davantage quand, deux jours après, un grand dîner, en l'honneur du double match, réunit les deux familles et les amis.

Doris et Fred se trouvèrent côte à côte et se montrèrent une gaie et cordiale sympathie. Le joyeux cousin pensa alors :

— Ça y est... Ils s'aiment !

Et, en y réfléchissant, cela lui sembla absolument naturel, logique, tout indiqué.

Un jeune et beau garçon comme ce Fred, une belle et jeune fille comme Doris n'habitent pas si près, deux ranchs, dans l'immense prairie, sans se voir, sans se connaître, sans s'aimer.

Et le joyeux cousin se dit :

— Si elle l'aime, s'ils se marient, je suis perdu ! Toutes mes espérances sont à l'eau.

Et il décida :

— Il faut absolument que j'empêche ce mariage. Je dois empêcher ma ruine. Comment ? Comment ? C'est à trouver...

Et le joyeux cousin se mit, dès ce moment, à chercher ce moyen.

CHAPITRE XII

LE JOLI SECRET

Cet homme, ce bandit, il faut enfin le dire, très fort aux jeux de hasard, qu'il savait si bien aider, se dit qu'il devait également, ici, seconder sa chance.

Tout à l'heure, il avait placé toutes ses espérances sur le saut d'une barrière, mis sa fortune, c'est le cas de le dire, dans le pas d'un cheval, compté sur une chute pour recueillir un héritage.

A présent, il voyait sa ruine dans l'amitié de ces deux jeunes gens, des désastres pour lui dans leur sourire.

De tous temps, les Blacktown lui avaient causé de l'inquiétude.

Mais il pensait arriver bon premier.

Il croyait bien tenir son oncle.

Il se disait certain de lui arracher son consentement, l'obligation, la contrainte, au besoin, de son mariage avec Doris.

Aujourd'hui, ses inquiétudes se changeaient en terreur.

Dans sa jalouse anxiété, pendant quelque temps, il avait soupçonné Franck d'ambitionner la main de Doris.

Tout, en effet, permettait cette supposition.

John Harding aimait Franck comme un fils.

Il l'avait en quelque sorte élevé, comme son enfant, chez lui.

C'était le seul garçon de la maison, et, de là à le faire entrer dans sa famille, à lui donner Doris, il n'y avait pas loin.

John Harding, déjà, avait remis tous ses pouvoirs à Franck.

Franck était le maître, au ranch.

La consécration de tout cela ne pouvait être que le mariage de Doris et de Franck.

Mais quand Doris grandit, quand le joyeux cousin la vit, si élégante, si fière, si belle, même dans cette vie de plein air, de fille de ranch qui semblait tant lui plaire, il pensa que, tout de même, Doris, la fille du riche propriétaire John Harding, n'était pas faite pour ce fils de cow-boy, pour ce cowboy, tout gérant qu'il fût de ces immenses propriétés, tout administrateur qu'il ait été nommé de cette fortune énorme.

Mais, à ses derniers voyages, le joyeux cousin remarqua que Franck conservait absolument son rang, qu'il se tenait avec Doris sur la réserve polie du serviteur, en somme, avec la fille de son patron.

Il remarqua que Doris n'avait pour le gérant de son père qu'une bonne sympathie, pas autre chose.

Il ne s'inquiéta plus de Franck.

Cette fois, il venait pour parler à l'oncle, lui demander définitivement, formellement Doris.

C'était la raison de ses beaux cadeaux.

Mais voici, quand il croyait le terrain libre, le champ ouvert, qu'un obstacle, autrement sérieux, pour lui, que les deux barrières, se dressait devant ses projets :

L'amour de Doris et de Fred.

— Oh ! oh !... il faut aviser sans plus tarder, se dit-il. Il faut absolument que j'arrange ça...

Cela voulait dire beaucoup, dans la pensée d'un homme comme lui.

En effet, si, ne pensant pas à cet héritage auquel il n'avait, en somme, aucun droit, à cette fortune qu'il voulait s'approprier à tout prix, il avait mieux regardé les deux jeunes gens, il aurait pu voir qu'ils n'avaient aucunement l'allure d'amoureux.

Les amoureux ne sont pas ouverts et libres comme ils l'étaient.

Entre des amoureux, il y a toujours une sorte de timidité qui les retient, qui les fait s'observer en public.

Or, là, en public, sous tant d'yeux, Fred et Doris, tout à fait à leur aise, riaient, parlaient comme de bons camarades, entre qui aucun doux mystère ne se trouve.

En effet, Fred et ses frères rencontraient souvent, dans leurs courses, Doris, leur jolie voisine.

Ils venaient même au ranch Harding pour la voir.

Mais tous trois n'y faisaient d'apparition que comme bons voisins.

Doris était plus amie avec Fred, le plus jeune, parce que leur âge se trouvait plus en rapport.

Tout dernièrement et encore après le double match, ils s'étaient revus.

Le joyeux cousin n'en avait rien su.

Et dans ce cordial entretien, une fois de plus, la jeune fille et le vaillant garçon avaient pu parler en bons camarades qu'ils étaient. Il fut cependant, dans cet entretien, question d'amour.

Mais si Fred ne questionna pas Doris sur le secret de son cœur, par contre il lui parla du sien.

Or, ce secret, Doris le connaissait bien.

Depuis longtemps, elle en était la confidente.

En effet, Fred, sinon officiellement, mais officieusement, était fiancé à une jeune fille dont les parents habitaient une ville voisine.

Et cette jeune fille avait été l'amie de Doris, à la pension.

Donc, plus qu'aucune autre personne, elle était au courant.

On comprend maintenant pourquoi Doris et Fred étaient si heureux de se voir, d'être ensemble.

Il y avait entre eux de l'amour.

Mais pour une autre.

Cela, le joyeux cousin ne pouvait s'en douter.

Les deux autres frères de Fred étaient également engagés.

Quant au mari de Doris, il n'en avait jamais été encore question.

Mais tous étaient persuadés que Doris saurait faire un bon choix.

Ils ne concevaient aucune crainte au sujet de leur futur voisin.

Peut-être, entre eux, émettaient-ils des suppositions...

Peut-être, même, prononcèrent-ils le nom du gérant...

Mais, se trouvant entre hommes seulement, jamais Franck ne parlait autrement de miss Doris que comme de la fille de son patron.

Quant à Doris, elle parlait de Franck non pas comme d'un employé de son père, mais comme d'un camarade qu'elle connaissait depuis l'enfance, comme d'un grand frère qu'elle aimait beaucoup.

Cependant, les trois frères voyaient bien que, peut-être, sans qu'elle s'en doutât elle-même, Franck était entré dans la vie de Doris de telle façon qu'elle ne pouvait le séparer de sa vie même.

Mais Doris était encore bien jeune, probablement, pour s'en rendre bien compte.

Ou bien, plus femme qu'on ne le supposait, elle ne laissait rien paraître de ses sentiments.

Et, dans ce cas, quand il s'agit d'amour, chacun sait qu'une petite fille en remontrerait à des hommes de belle expérience.

Mais le joyeux cousin était très prudemment tenu en dehors de tout cela.

Les trois frères ne le voyaient que très peu pendant son séjour au ranch.

Ils n'avaient jamais tenu les cartes en face de lui.

Et leur père était un des rares, dans le district, qui n'ait pas fait passer le contenu de son portefeuille dans la poche du joyeux cousin.

Donc, tenu en dehors des secrets des jeunes gens, le joyeux cousin, très inquiet, fut beaucoup moins brillant que de coutume.

Il chanta quelques chansons nouvelles ayant vogue à New-York.

Mais il les chanta sans feu, sans verve.

Presque tristement.

De telle façon que l'auditoire, qui, par simple politesse, applaudit le chanteur, trouva, sans oser rien dire, que vraiment le goût des bonnes chansons s'en allait.

Après cette soirée inquiétante, le joyeux cousin passa une fort mauvaise nuit.

Il rumina, pendant ses longues heures d'insomnie, tous ces événements et toutes les pensées qu'ils lui suggéraient.

Il y réfléchissait encore dans la matinée.

Pendant le déjeuner, il ne parvenait pas à les chasser de son esprit torturé.

Enfin, après avoir bien tout calculé, tout pesé, tout envisagé, il pensa que le meilleur moyen d'arranger les choses, ou tout au moins de se tirer de cette inquiétude, était d'avoir un entretien décisif avec son oncle.

CHAPITRE XIII

LA DEMANDE EN MARIAGE

Par bonheur, John Harding n'eut pas à faire au dehors et resta chez lui, à vérifier quelques comptes.

Quand il eut fini, le joyeux cousin, qui se tenait dans le salon, vint à son oncle.

Il commença, en bon Américain, par lui offrir un gros et parfait cigare.

Puis, après quelques préparations d'un caractère général sur la situation du ranch, il aborda son sujet.

Il lui parla de la prospérité de son domaine.

— Oui, répondit John Harding, Franck le fait bien valoir... Je n'ai qu'à me louer de ses soins dévoués.

La perche semblait tendue. Le cousin la saisit :

— Quel dommage, mon cher oncle, que vous n'ayez pas de fils !

— C'est vrai, mais j'ai une fille qui vaut trois garçons.

— ... J'entends de fils qui serait votre aide, votre soutien.

— C'est vrai. Mais Franck me seconde comme un vrai fils.

Le joyeux cousin comprit qu'en continuant dans cette voie, il marchait uniquement à l'éloge du gérant.

Il changea de thème, se lança vers un sujet plus délicat.

Il aborda l'avenir de Doris, dit que la jeune fille ne pouvait indéfiniment vivre comme cela dans le ranch, qu'il fallait penser à son établissement ; il dit enfin le mot : à son mariage.

— Oui, répondit l'oncle, cette pensée me tracasse. Je sais qu'il faut tout prévoir... et je serais infiniment plus tranquille si je voyais Doris mariée. Mais Doris est encore bien jeune. Elle veut vivre sa bonne vie de jeune fille aussi longtemps que possible. Je n'ai pas à l'en blâmer. Elle se déclare très heureuse ainsi... Et je suis certain, en tout cas, que, le moment venu, elle dénichera un fort bon mari.

Le joyeux cousin se dévoila alors.

Il fit valoir sa qualité de fils de la sœur, de neveu... Il dit qu'il s'entendait suffisamment dans la vie de la prairie, qu'il était prêt à sacrifier son existence d'homme des villes... Enfin, le domaine resterait dans la famille... Bref, en conclusion, il demanda à John Harding la main de Doris.

Et John Harding, tout en commençant par lui dire qu'il était parfaitement de son avis, en tous points, lui déclara :

— Mon garçon, tout ce que tu me dis est très bien... Moi, je te donnerais absolument mon consentement, mais il ne m'appartient pas de choisir le mari de ma fille. C'est sa vie, en somme, qui est en cause... c'est elle qui fera le choix de celui dont elle voudra pour partager sa vie... Ce n'est pas mon goût qu'elle suivra, mais le sien.

— Cependant, mon oncle... c'est à vous de la guider, c'est votre devoir de père...

— Je le reconnais. Mais je reconnais aussi que ma fille ne m'écoutera pas. Je sais parfaitement qu'elle n'en fera jamais qu'à sa tête... Tu l'as vu pour le match et le défi... Elle a voulu monter Cigarette à la place de Franck... Malgré tout ce que j'ai pu lui dire, lui crier casse-cou de toutes mes forces, elle a monté Cigarette. Alors, mon pauvre garçon, tout ce que je lui dirai sur le mariage aura le même effet que ce que je lui ai dit pour Cigarette... Elle sautera la barrière qui lui plaira... Moi, je n'y pourrai rien...

Et le bon homme conclut :

— C'est à toi, mon garçon, de t'entendre avec elle... Va lui parler de tout cela... Moi, je ne veux pas m'en mêler...

Cet entretien, dont le joyeux cousin espérait tant de choses, se termina ainsi, le laissant plus désemparé qu'avant.

Parler à Doris !... Justement, c'est ce à quoi le joyeux cousin tenait le moins.

Il eût voulu que le père imposât sa volonté, fît entendre raison à la jeune fille.

Et, pour lui, la bonne raison était de démontrer à Doris qu'elle devait épouser son cousin.

Cependant, comme nous l'avons dit, le cousin Edgar était joyeux sans doute, mais aucunement psychologue ; il ne comprit pas que mieux valait pour lui ne jamais soulever cette question avec Doris.

Puis, comme, en outre, il n'était pas dépourvu de quelque vanité, et que, malgré tout, il avait déployé assez de talent original, amusant, pour ne pas se croire indifférent à la jolie cousine, la trouvant seule, il aborda le sujet qui, on peut le dire, lui tenait au cœur.

Très tranquillement, Doris le laissa, sans l'interrompre, exposer sa requête.

Elle l'écouta parler d'avenir, de chef du ranch, de famille, et refaire, à peu de chose près, la petite conférence dont il entretint Harding.

— Bon ! dit enfin Doris... Si j'ai bien compris, il faut que je me marie. C'est fatal,.. Je le sais bien. Mais, si je me marie, ce ne sera qu'avec quelqu'un qui consentira à vivre ici, dans ces champs, au milieu de nos chevaux, de nos troupeaux.

— C'est bien cela, j'ai l'approbation de mon oncle.

— C'est déjà quelque chose. Mais mon père a dû vous dire que je n'épouserai jamais qu'un homme qui me plaira... Peut-être avez-vous un candidat à ma fortune ?

— Pas à votre fortune, mais à vous-même.

— Flatteur !... Et qui est ce mortel, courageux et désintéressé ?

— Moi !...

Doris tourna vers le joyeux Edgar ses grands yeux étonnés.

— Vous ?

Alors, elle partit d'un grand éclat de rire.

— Vous !... Vous êtes mon joyeux cousin. C'est beaucoup... C'est suffisant... N'espérez jamais être plus... mon cousin... mon joyeux cousin.

Puis elle s'en alla en riant.

Elle laissa carrément là, très déconfit, le malheureux joyeux cousin Edgar.

Tout autre, ayant un peu d'amour-propre, aurait, quoique cousin, fait aussitôt sa malle et se fût, par le plus prochain train, empressé de regagner ses pénates.

Mais le cousin, qui n'était pas psychologue, manquait, au surplus, d'amour-propre.

Il resta, voulant voir maintenant la tournure que prendraient les événements.

Car il venait d'acquérir la conviction que Doris ne l'aimait pas et, par conséquent, en aimait un autre.

Et il savait que cet autre était Fred.

— Bon... pensa Edgar. J'ai eu en face de moi des adversaires plus redoutables que ce jeune enfant de la prairie... Il se dit encore :

— Il me faut cette fortune. Malgré ces gens, malgré tous les obstacles, il faut que je m'en empare.

Mais, pour se remettre, il prit son cheval et se rendit à la ville, au cercle.

Il avait une revanche à accorder à une de ses victimes.

... Doris se rendit dans une prairie où elle savait trouver Franck.

Elle l'entraîna à l'écart, hors des autres oreilles, même de celles de l'assistant Joë.

Et, à brûle-pourpoint, elle lui dit :

— Mon bon Franck, mon cher camarade, j'ai une nouvelle à vous annoncer.

— Bien, miss Doris. Je vois à votre air, à vos yeux, que c'est une bonne nouvelle. Je suis prêt à m'en réjouir avec vous.

— J'en suis certaine. Voilà ! Je suis fiancée !

Franck, qui souriait par avance à la bonne nouvelle, cessa tout à coup de sourire.

Il devint affreusement pâle.

Et, pour un peu, lui, le grand, le fort garçon, se serait écroulé à terre.

Doris suivait tout ce changement du coin de l'œil.

Elle souriait toujours malicieusement.

Et elle reprit :

— Savez-vous avec qui je suis fiancée ?

Franck fit « non » de la tête.

Sa gorge serrée l'empêchait de parler.

— ... Avec mon joyeux cousin !

Franck poussa un cri.

— Edgar ?

— Lui-même, joyeusement !

Franck, vivement, dans un mouvement machinal, prit les mains de la jeune fille.

— Oh ! miss Doris... Non ! non ! ne faites pas ça !...

Mais, se ressaisissant, il retira ses mains et, douloureusement, reprit :

— Oh ! pardon, miss Doris, pardon. Je

n'ai pas le droit de vous dire cela... Vous êtes libre de choisir qui vous voulez pour embellir votre vie... pour être votre compagnon, pour veiller sur vous, pour vous aimer, pour vous rendre heureuse.

Doris reprit, riant plus fort, mais riant nerveusement :

— J'ai bien choisi, n'est-ce pas ?

— Je n'ai pas à juger, miss Doris... Il ne m'appartient pas... Vous savez mieux que moi... ce que vous faites est bien fait... Je n'ai, moi, qu'à souhaiter votre bonheur. Mon devoir, à moi, est de vous dire que je vous serai toujours fidèlement dévouée, tant qu'il vous plaira de me garder auprès de vous...

Doris cessa de sourire, mit fin à son jeu, plus cruel qu'elle ne le pensait.

Elle prit la main tremblante de Franck et, d'une voix grave, sérieuse, lui dit :

— Franck, mon cher et bon compagnon, pardon... J'ai cru que vous ne vous alarmeriez pas, mais que, devant l'énormité de cette plaisanterie, vous comprendriez et que vous partiriez d'un grand éclat de rire. Pardon... Je vois que je vous ai fait de la peine.

— Plus que de la peine, miss Doris, autre chose de plus... Vous m'avez fait peur.

— Peur ?

— Peur pour vous... Je comprends, maintenant... Edgar vous a demandé votre main.

— Oui.

— Et vous avez ri...

— Oui.

— Eh bien, miss Doris... il ne faut pas rire... Non. Il ne faut pas rire... Mais il faut maintenant bien prendre garde à vous...

Doris répondit :

— Vous serez toujours là, vous, Franck.

— Oui... Je serai toujours là...

— Bon ! Alors je n'ai rien à craindre !

Elle lui serra longuement, fortement la main, puis elle remonta vers la maison.

Elle s'était éloignée et Franck la regardait encore remonter quand, près de lui, un petit sifflement se fit entendre.

Et l'assistant Joë, semblant sortir de terre, entre ses jambes, lui dit :

— Voilà, chef, vous avez raison... Seulement, ce n'est pas seulement miss Doris qui doit prendre garde à elle, c'est nous, nous deux, qui devons veiller sur miss Doris.

Et le gamin qui, caché, avait assisté à la scène entre Doris et le joyeux cousin, la raconta au gérant.

— Tu as raison, mon garçon, dit Franck, nous devons veiller sur miss Doris.

— Voilà, chef, nous veillerons...

Et, avec un geste héroïque, Joë ajouta :

— Et s'il ne marche pas droit, le joyeux cousin, je lui casse son banjo sur la tête... Surtout maintenant que miss Doris m'a fait gagner de quoi m'en payer une douzaine.

CHAPITRE XIV

LA MAIN TROP HEUREUSE

Le joyeux cousin arriva au cercle de la ville.

Il comptait y rencontrer son partenaire, qui lui avait demandé une revanche.

Mais il ne le vit pas.

Et c'est à peine s'il trouva un homme qui voulût bien faire avec lui une partie.

— Qu'est-ce qu'ils ont, ce soir ?... se demanda-t-il.

Il ne pouvait se douter que les membres du cercle étaient tous au courant du voyage de Patterson à New-York.

Or, un télégramme de Patterson était arrivé, annonçant son prochain retour avec le vengeur désiré...

... Le jour de l'arrivée de ce vengeur fut une sorte de petite fête, au club de Sandhill, la ville formant comme la capitale de ce district.

Le club était le Storkring, autrement dit « la table ronde des Cigognes », composé, pour la plus grande part, des membres, non d'une confrérie religieuse, mais de gais compagnons d'une société appelée les « Dryfriars », les « Frères-Secs ».

Gais compagnons, en effet, qui avant la sécheresse de leur pays, se chargeaient, eux, de mettre à sec tous les bons approvisionnements de vins et de liqueurs. Braves gens ayant toujours le gosier sec... Braves Dryfriars... Pauvres Frères-Secs qui, maintenant...

Mais ceci n'est pas dans notre aventure.

Bref, le Storkring accueillit cordialement ce forban qu'on allait opposer à l'autre forban : le joyeux cousin.

Il répondait, cet écumeur de cercles, au doux nom d'Adam Fadem.

Il devait passer, lui aussi, pour un joyeux cousin, éloigné, d'un membre du Storkring, et se dire en visite dans le pays, chez ses parents.

Le brave Patterson n'était pas peu fier d'avoir ramené ce vengeur.

Et le vengeur était enchanté de venir dans ce pays.

Ce voyage, il en était convaincu, lui serait extrêmement profitable.

Son flair de requin de portefeuilles lui disait qu'ici, dans la poche de ces hommes, un peu rudes d'aspect, peut-être, il y avait de fort jolis paquets de dollars.

Et il pensait que ces bons dollars feraient très bien dans ses propres poches.

Les faire habilement passer de leur premier refuge dans leur nouveau domicile, serait un jeu aussi facile qu'agréable.

Car, ce bon Adam Fadem comptait non seulement venger son cousin le Dryfriar, mais tous les membres du cercle Storkring, mais les dépouiller ensuite très convenablement.

Enfin, il comptait emporter un très bon souvenir de ce charmant pays.

En lui-même, déjà, il pensait :

— Nous sommes stupides de ne travailler que dans les maisons de luxe des villes, alors qu'aux champs il y a de belles moissons à faire.

Adam Fadem allait, ici, travailler à cœur joie.

Le hasard — qui règle tout, dans la vie — devait, une fois encore, le mettre en face d'un homme, non seulement son rival, mais son ennemi.

Un rival qui lui enlevait souvent sa plus belle clientèle.

Le bon Patterson avait, à New-York, été conduit, par le voyageur Jameston, dans un des clubs où l'on jouait gros jeu.

Jameston, homme modeste, brave négociant, ne fréquentait pas ce genre de club.

Cependant, par des amis, des négociants, il avait entendu parler de ce club où, tandis qu'en bas dansaient de jolis couples, en haut les dollars menaient la sarabande, ayant pour orchestre un paquet de cartes.

Et on lui avait cité les deux célèbres joueurs Adam Fadem et John White, ennemis.

Or, comme le John White était ce joyeux cousin Edgar Brown qu'il fallait combattre, on s'adressa, sans crainte de se tromper, à Adam Fadem.

Il fut assez facile à Patterson, par l'entremise d'un ami qui le connaissait, d'avoir un rendez-vous avec le fameux *gambler*, le célèbre joueur.

Adam Fadem vit tous les avantages qu'il pouvait tirer de l'affaire.

Il fit son prix, d'ailleurs fort élevé.

Mais quand il apprit le nom du *gambler* contre qui il devait engager ses talents et employer tous ses trucs de tricheur, il accepta d'enthousiasme.

— John White, ce bandit ! s'écria-t-il... Oui... ça va... Il écume votre malheureux pays ! Bon ! Comptez sur moi pour vous en débarrasser.

En lui-même, Adam Fadem pensait :

— Vous en débarrasser... et le remplacer, si la place est bonne, comme vous le dites.

Bref, l'affaire fut conclue.

Adam Fadem prévint deux de ses amis, qui le secondaient dans ses jeux.

Perdus parmi les curieux, derrière le partenaire, ils renseignaient le *gambler* par signes convenus et invisibles pour les autres, non initiés.

Mais l'un de ces associés annonça, tout content, ce voyage dans le Far-West à quelques camarades.

Le bruit de cette expédition contre John White vint fatalement aux oreilles d'un ami, d'un associé de John White.

Cet ami, Samuel Slang, qui vivait de son association avec John White, voyant le danger qu'allait courir son chef, avertit un autre camarade dévoué, Ratnose.

Tous deux prirent le train qui suivait celui emmenant le bon Patterson et ce filou d'Adam Fadem.

Samuel, dit le « bourreau Sam », était un homme bien connu dans les milieux non seulement des joueurs, mais des policiers.

C'était une brute.

Il avait fait son apparition un soir, dans les tripots, sans qu'on sût exactement d'où il venait.

Plus d'un disaient que, sous son linge blanc, il devait certainement porter un pyjama avec des flèches.

Ce qui voulait dire que Samuel avait porté le costume des bagnards. C'était la vérité.

Il se prétendait officiellement homme d'affaires. Il avait même un office.

Mais il vivait uniquement de jeu.

Il rencontra John White, qui apprécia ses talents, le vit homme à tous mauvais coups pour de l'argent, et il devint le complice, l'associé du joyeux cousin.

On comprend que Samuel ne voulait pas laisser démolir son chef John White par la bande rivale de cet Adam Fadem.

Il connaissait l'adresse du ranch de l'oncle Harding.

Donc, il trouverait John White à temps pour le prévenir, le mettre en garde et le seconder dans la bataille...

... Sous prétexte de fêter la venue du cousin Adam Fadem, le club Storkring organisa une petite soirée.

On invita les amis, les voisins.

Naturellement, John Harding, qui, d'ailleurs, était membre du club, fut prévenu.

Il vint avec le joyeux cousin Edgar et Franck.

De leur côté, les Blacktown firent leur apparition. Le bon Patterson alla au-devant du cousin Edgar.

— Je vous demande pardon de ne pas m'être trouvé, ces jours-ci, au club, pour la revanche que vous vouliez bien m'accorder. Mais le temps n'est pas perdu. Nous allons regagner cela... de toute façon.

Le joyeux cousin, qui était loin de se douter du piège dans lequel les bons Dryfriars l'entraînaient, pensant aux paquets de dollars nouveaux dont, tout à l'heure, ses poches seraient amplement garnies, se montrait encore plus joyeux que d'habitude.

Il riait fort, plaisantait de tout, avec tout le monde.

Il emplissait le cercle du bruit de sa gaîté voulue et forcée, mais bruyante.

Le pseudo-cousin Adam, jusqu'à présent, selon le plan arrêté, demeurait invisible.

Il ne devait paraître que lorsque les parties seraient bien engagées, quand le joyeux cousin Edgar commencerait à rafler les dollars de ses malheureux *partners*.

Donc, Patterson demanda à Edgar sa revanche. Edgar, joyeusement, la lui accorda.

Et, en riant, il tira de sa poche une patte de lapin.

— C'est un fétiche souverain, dit-il au bon Patterson, qui a un pouvoir magique. Je ne veux pas m'en servir contre vous, pour votre revanche...

Puis, mettant la patte de lapin près de Patterson, il ajouta :

— Voilà. Toutes les chances, maintenant, sont de votre côté.

CHAPITRE XIV

LA PATTE DE LAPIN

Selon sa tactique habituelle, le joyeux cousin laissa son *partner* gagner les premières parties.

Il ne commençait son jeu, lui, que lorsque l'adversaire, mis en confiance, augmentait les enjeux.

Alors, en quelques coups tenant du prodige, il raclait tout.

Ce soir, autour de la table, les curieux étaient plus nombreux que de coutume.

Parmi ceux qui suivaient les jeux avec le plus d'attention, se trouvait l'oncle John Harding.

Grand amateur de cartes, se disant avec gloire le plus fort cartonniste du district, il voulait voir ce duel dans tous ses détails.

Car ce bon Patterson, en temps ordinaire, était un de ses rivaux, quoique son ami.

Depuis de longues années, on n'avait pu établir définitivement lequel était le plus fort.

John Harding était curieux de voir comment Patterson se tiendrait, en face de ce joueur qui le battait, lui, Harding, tout le temps.

Les premières parties furent, nous l'avons dit, à l'avantage de Patterson.

Patterson, soit sincèrement, soit par tactique, semblait tout heureux de ce succès et en tirait grande vanité.

— Vous voyez... hé !... mon cher Harding !... Votre fameux joyeux cousin n'est pas, comme vous le croyez, comme vous le prétendez, absolument imbattable...

John Harding sourit :

— Oui, mon bon Patterson, vous gagnez... mais attendez qu'il se soit fait la main... Nous ferons l'addition à la fin de la partie...

Patterson gagna encore.

— La patte de lapin, dit Edgar... Je vous avais bien dit que c'était un fétiche merveilleux.

Puis tout à coup, malgré ce merveilleux fétiche, voilà que le bon Patterson se mit à perdre.

— Hello ! Patterson... lui dit John Harding, touchez donc la patte de lapin...

Patterson perdait, perdait avec un acharnement fantastique.

Le charme de la patte de lapin était rompu.

John Harding riait de toutes ses forces.

Patterson venait, sous prétexte de revanche, de perdre une grosse somme.

— Voulez-vous continuer ? demanda le joyeux cousin, tenant les cartes en mains.

— Oui ! oui !... Quand je devrais y laisser ma fortune, j'aurai raison de votre chance.

— Continuons, alors.

Edgar battit les cartes et donna.

Patterson regarda son jeu.

Avec ce jeu, fatalement, il devait perdre.

Néanmoins, il joua.

Edgar, en riant, enleva les premières cartes.

Mais, tout à coup, il devint pâle.

Ses yeux se remplirent d'étonnement.

Le pseudo-cousin de Patterson venait de se faufiler, parmi les amateurs, jusqu'à la chaise du *partner* malheureux d'Edgar.

C'était lui que le joyeux cousin venait d'apercevoir, comme un diable sortant d'une trappe, au moment du crime, dans un théâtre de féerie.

Le joyeux cousin cessa de rire, ne trouva plus une plaisanterie, même sur la patte de lapin.

Et son attention fut tellement retenue par la vue de ce spectre de Banco... c'est le cas de le dire, qu'il ne put désormais penser à continuer à faire lui-même banco !

Il fut tellement ému qu'il ne s'aperçut pas que, derrière lui, les deux compères d'Adam Fadem venaient de prendre place, prêts à indiquer à leur chef les cartes du cousin, par leur mystérieuse mimique.

Néanmoins, sachant que les loups ne se mangent pas entre eux, il reprit son jeu.

Or, ce proverbe, comme beaucoup d'autres, qui constituent, paraît-il, la sagesse des nations, est absolument faux.

Pris à la lettre, il est exact

Les loups ne se mangent pas entre eux : ils se dévorent.

On allait en avoir une preuve de plus, devant cette table de jeu, dans ce salon du Storkring, chez ces excellents Dryfriars.

Le cousin, sans aucun doute, flaira le piège, le danger.

Il ne chercha pas, sur le moment, à savoir comment son pire ennemi se trouvait, tout à coup, sur son nouveau champ d'exploits.

Il ne pensa qu'à parer au danger.

Le mieux était, à son avis, ce soir, de faire la part du feu, de ne pas trop gagner.

Alors, bravement, affrontant le péril, voulant masquer ses terreurs, il dit à son partenaire :

— Touchez donc la patte de lapin !

Patterson, qui avait senti le *gambler* Adam derrière lui, s'appuyant au dossier de sa chaise, toucha la patte de lapin et joua.

A son grand étonnement, avec les mauvaises cartes qu'il avait en mains, il gagna.

En lui-même, Adam Fadem admira l'ha-

bileté de son ennemi qui avait, étant souverainement maître du jeu, pu faire ainsi gagner son adversaire.

Celui que ce coup étonnait le plus et qui ne comprenait rien dans tout cela, était le bon John Harding.

Jamais il n'avait vu son neveu jouer de si mauvaise façon.

Ce Patterson, en somme pas meilleur joueur que lui, battait, battait le fameux Edgar !... Edgar jouait comme un novice.

Edgar perdait, perdait tout le temps.

Il perdait maintenant une somme considérable.

Il devait à Patterson un nombre formidable de dollars.

Et le bon Harding se demandait comment son neveu allait faire pour payer.

Il ne lui savait pas une fortune assez forte pour régler cette différence.

Mais la partie continuait.

De temps en temps, il faut le dire, le cousin Edgar faisait un coup heureux qui le remettait un peu à flot.

Edgar avait de l'estomac. Il jouait quand même.

Sans doute, il comptait, dans la soirée, se refaire avec d'autres joueurs moins chanceux que Patterson.

Et surtout il espérait jouer hors de la présence d'Adam Fadem.

Mais le bon Patterson, tout à coup, refusa les cartes.

— Assez, dit-il. J'ai ma revanche, je vous ai gagné deux fois ce que j'avais perdu... j'ai le droit de me déclarer satisfait et, sans vous faire offense, je peux me retirer. Je vous offre votre revanche pour un autre soir.

Edgar accepta d'enthousiasme.

Il tendit la main à son heureux adversaire.

Il eut la force de parader, d'être encore le joyeux cousin.

— Vous me laissez la patte de lapin ? demanda-t-il.

— Si vous y tenez... La voilà !

Avec une gravité comique, Edgar, jouant la comédie pour la galerie, pour tous les yeux qui maintenant s'attachaient à lui, prit la patte et, ayant l'air de la gronder comme on ferait avec un petit enfant :

— Venez ! lui dit-il. Venez !... Désormais, vous ne quitterez plus ma poche !...

Il voulait se lever et pensait se rendre dans un autre salon, où il trouverait quelques bons joueurs.

L'annonce de sa terrible défaite devait encourager les amateurs...

Il saurait amplement se refaire.

Il fallait qu'il rétablît ses finances.

Sans un gros gain ce soir, il ne pourrait, demain, payer ce qu'il devait à Patterson.

En souriant, d'un sourire jaune, il alluma un nouveau cigare.

Ses mains tremblaient.

Malgré toute son habitude des situations délicates, malgré son aplomb de forban, tout son empire sur soi-même, il ne parvenait pas a masquer son émotion.

Marcher un peu, changer d'air, lui ferait du bien, lui devenait absolument indispensable.

Il se leva donc et allait se retirer, quand Adam Fadem lui dit à haute voix, de façon à ne pas lui permettre de s'échapper :

— Monsieur Brown, si vous voulez bien, je vous joue ce que vous venez de perdre, quitte ou double, avec la permission de mon cher cousin Patterson ?...

Ce coup acheva d'accabler le joyeux Edgar.

Comment ! cet Adam Fadem était le cousin de Patterson !...

Edgar Brown se sentit perdu.

CHAPITRE XV

LES GAMBLERS

Mais Edgar ne pouvait refuser.

— Avec plaisir, répondit-il... Donnez-moi seulement le temps de boire quelque chose et d'allumer mon cigare.

Adam s'était déjà installé sur la chaise de son pseudo-cousin.

— Je joue pour vous, lui dit-il.

— Ça va !

Mais Edgar envisagea rapidement la situation.

Il se dit qu'après tout, il courait sa chance et que cette chance n'était aucunement désespérée.

Au contraire.

Il pouvait peut-être, si la patte de lapin le secondait, avec quelques heureux coups de pouce, retrouver sa chance et gagner.

En somme, il avait en face de lui un *gambler* comme lui.

Certes, Adam Fadem passait pour très fort.

Mais lui aussi, l'était.

Leur réputation se valait.

Ils étaient tous deux des forbans de même envergure.

Bref, on allait voir.

On apporta à Edgar un grand verre de limonade glacée.

Dans sa poche, il chercha un nouveau cigare.

Et il reprit sa place.

Mais, avant de s'asseoir, par une de ces mille superstitions de joueurs, il fit le tour de sa chaise.

Il fit ce tour, moins par superstition que par prudence.

Il savait, lui, joueur professionnel, que les superstitions de jeux n'ont aucun fondement, que les fétiches ne sont pas plus puissants.

Seules comptent la chance et les tricheries.

Et, en faisant le tour de sa chaise, tout en riant et faisant rire l'assistance, Edgar regardait, dans la foule, s'il ne reconnaissait pas la figure de quelque complice de cet Adam Fadem.

Car il se doutait que ce dernier ne voyageait jamais sans un ou deux de ses hommes, qui aidaient sa chance merveilleuse.

Mais les deux auxiliaires de Fadem, se doutant probablement de cette petite comédie, car ils connaissaient, eux aussi, tous les secrets de ce malhonnête métier, avaient pris leurs précautions.

Ils n'étaient pas là.

Ils ne viendraient qu'au moment où la partie serait engagée, dût leur chef perdre un ou deux premiers engagements.

Edgar ne trouva derrière sa chaise que des membres du cercle et la bonne figure de Franck qui suivait toute cette séance avec le plus grand intérêt.

N'ayant vu personne de suspect, plus confiant, le joyeux Edgar, trouvant une plaisanterie à dire, prit place sur la chaise.

On apporta de nouveaux jeux de cartes.

Et la partie commença, dans un silence absolu, dans une atmosphère de réelle émotion.

Le cousin Edgar se vit appliquer la manœuvre dont il usait avec ses victimes.

Il gagna les quelques premières parties, en les coupant de quelques pertes...

Mais le jeu serré commença bientôt.

Et entre ces deux hommes dont tous les joueurs admiraient la maîtrise, la grande habileté, le duel fut engagé avec passion.

Maintenant les deux complices d'Adam Fadem se tenaient derrière Edgar et secondaient leur chef.

Mais Edgar, aussi habile que possible, leur donnait du mal.

Il savait tenir ses cartes, les voir sans les étaler, d'un coup d'œil connaître son jeu et jouer sans, comme les cartonnistes ordinaires, faire un éventail de ses cartes et les donner à lire aux curieux.

Mais Edgar eut beau prendre toutes ces précautions, les hommes d'Adam le renseignaient suffisamment pour lui donner un sérieux avantage.

Et Edgar perdait, perdait le plus souvent.

La balance n'était pas égale entre ses rares gains et ses nombreuses défaites.

Il devait maintenant quatre fois autant d'argent.

Le bon John Harding faisait mentalement le calcul.

Cela lui donnait chaud.

Il épongeait sa tête furieusement.

Pour comble, le bon Patterson vint lui dire, railleur et joyeux, à l'oreille :

— Dites donc, Harding, ce n'est peut-être pas une patte de lapin qu'il faudrait à votre joyeux neveu, mais une patte de lièvre !

Tout à coup, Adam Fadem, tenant le paquet de cartes en main, dit au moment de les distribuer :

— Monsieur Brown, actuellement, vous avez perdu cinq fois le chiffre de la perte de mon cousin... Voulez-vous continuer dans les mêmes conditions ?

Edgar, le joyeux cousin, avait la gorge serrée.

Il ne put répondre que par un signe de la tête.

Et sa tête ruisselait de sueur froide.

Il tremblait autant de rage impuissante que d'avoir perdu pareille somme.

Et John Harding tremblait autant que lui, était plus ému que lui.

La chance favorisa quelque peu Edgar, au début de cette nouvelle partie.

Puis ce fut le désastre.

Alors, John Harding se leva et intervint.

— Assez ! dit-il, assez !... Vous reprendrez un autre jour. Assez pour aujourd'hui !...

Il y eut quelques protestations.

Mais John Harding, respecté et honoré, s'écria :

— Le cercle Storkring a fait des invitations pour une soirée de plaisir. Si ce jeu continue, le club aura l'air d'être un coupe-gorge.

On lui donna raison.

Le bon Patterson, tout le premier, se rangea à son avis.

Il avait sa vengeance, plus forte même qu'il ne la voulait... C'était assez.

Alors, la haine dans les yeux, les deux *gamblers* se donnèrent la main.

Et l'assemblée de dispersa dans divers salons.

Adam s'en alla, fier, tranquille, avec son pseudo-cousin.

Le joyeux Edgar eut du mal à se lever de sa chaise. Il avait les jambes coupées.

Sans le bras de Franck atterré, il n'aurait pu faire un pas et quitter cette table fatale.

Il avait absolument l apparence du boxeur vaincu qui quitte le ring après un évanouissement.

John Harding se demandait:

— Comment va-t-il faire pour payer ?

Les Blacktown père et fils se disaient :

— C'est un homme perdu.

Cependant, au cours du restant de la soirée, Franck put, sans être indiscret, entendre quelques paroles qui lui révélèrent bien des choses. Elles lui donnèrent la certitude sur quelques points qui, chez lui, étaient seulement encore des suppositions.

C'est ainsi qu'il apprit la vérité sur la venue au club de ce prétendu cousin.

Maintenant que ceux que le joyeux Edgar avait dépouillés tout de bon se reconnaissaient suffisamment vengés, ils ne se croyaient plus tenus si sévèrement au secret.

L'un des membres de Storkclub révélait, sans prendre de précautions, à un invité, toute l'histoire du *gambler* Adam Fadem, engagé par Patterson pour sa vengeance.

Franck apprit ainsi que le joyeux Edgar était, sous le nom de John White, un écumeur de cercles dont on parlait, dont la police s'occupait parfois.

Il sut qu'il était le rival de cet autre *gambler* Adam Fadem.

Et ces révélations lui causèrent la plus forte émotion.

Il pensa :

— Oui, le petit Joë a raison. Nous devons veiller, et bien veiller, sur miss Doris.

En effet, avec un homme comme ce joyeux cousin il fallait redouter tous les mauvais coups possibles.

Doris était riche, « très riche ».

Edgar, non seulement sans fortune, mais un homme vivant d'expédients, un forban, en vérité.

Certainement, aucun forfait, aucun crime, ne pourrait arrêter ce misérable, traqué, aux abois.

Alors, il fallait bien veiller sur Doris.

Il revint donc au ranch, inquiet, ne voulant pas laisser seule trop longtemps la jeune fille.

CHAPITRE XVI

LA SURVEILLANCE

Cependant, avant de partir, il avait mis deux ou trois cow-boys dévoués en faction, pour surveiller la maison du patron.

Il n'y avait, certes, rien à craindre, mais trop de précautions valaient mieux qu'une aveugle confiance.

Ces hommes étaient sous la direction du plus vieux du ranch, qu'on appelait old Jim ou oncle Jim.

Il avait vu, en effet, tout enfants la plupart de ces beaux gaillards employés au ranch.

Il avait, pour ainsi dire, appris à Franck son métier, et, encore maintenant, lui donnait les bons conseils de son expérience.

C'était un vieil ami de John Harding, ayant été ami du père du patron actuel.

Enfin, c'était un bon et digne vieillard, de tous aimé et respecté.

La maison étant gardée par old Jim, Franck pouvait s'en aller sans crainte.

Doris ne savait rien, bien entendu, de cette surveillance.

Elle n'aurait pas voulu qu'on la gardât ainsi.

Elle n'avait pas peur et savait qu'elle ne courait aucun danger.

La maison était au milieu des diverses fermes, des prairies, des parcs.

Pour y parvenir, il fallait franchir tout cela.

Aucune bande de voleurs, d'apaches, ne se serait avisée de tenter un coup de main.

C'était absolument exact.

Mais en faisant surveiller la maison, en faisant garder miss Doris, le bon Franck ne pensait aucunement aux voleurs de prairies, aux coureurs du désert, aux apaches pillards.

Ceux-là n'auraient rien tenté contre la Reine du Ranch qui, par sa bonté, par sa générosité, ne connaissait que des sujets reconnaissants dans son royaume.

Franck se méfiait de celui qu'il ne savait pas cependant encore un bandit si dangereux.

Franck redoutait un coup organisé par le joyeux cousin Edgar.

Comme il rentrait à cheval dans le clos au milieu duquel s'élevaient les bâtiments d'habitation du maître et de ses principaux hommes, il entendit un sifflet qui l'appelait.

— Toi, Joë, dit-il en arrêtant son cheval.

Joë sortit d'une haie d'épines.

Il s'était roulé dans une couverture en peau de mouton, pour se garantir du froid, de l'humidité de la nuit.

— Je t'avais ordonné de te coucher, lui dit Franck.

— Voilà, chef, j'étais couché, mais ici...

— Pourquoi pas dans ta chambre ?

— Parce que j'assistais l'oncle Jim.

— Est-ce que tu crois que l'oncle Jim a besoin de toi pour veiller sur cette maison ?

— Je n'en sais rien, mais moi, je veillais aussi sur l'oncle Jim, qui est bien vieux, bien fatigué, et qui fumait sa pipe tout en dormant, en croyant qu'il veillait.

— Et les autres camarades ?

— Ils veillent... mais moi aussi...

Joë ajouta :

— Et j'ai bien fait de venir me poster ici, en avant de l'enclos, près de la porte...

— Pourquoi ?

— Parce que j'ai empêché une visite qui aurait causé quelque émotion dans la maison.

— Quelle visite ? Raconte-moi ça...

— Voilà, chef.

L'assistant dit alors :

— J'étais là, sans que personne eût l'idée que j'y étais ; c'est tout ce que je voulais. Dans la maison, miss Doris, après avoir joué des airs très jolis sur l'harmonium, est rentrée dans sa chambre. J'ai vu ça par les lumières.

— Bon. Après ?

— Voilà, chef. Alors la nuit s'avançait quand une voiture arriva par la route qui conduit à la maison.

— Une voiture ?

— Oui. Comme vous êtes tous partis à cheval, en voyant venir une voiture, j'ai eu peur, peur d'émotion, chef, pas autrement.

— Je comprends.

2

— J'ai eu peur qu'un accident ne fût arrivé à l'un de vous.

— Bon. Après ?

— Alors, j'ai couru à la voiture, en demandant ce qu'il y avait... C'était une des voitures de louage de la gare... J'ai reconnu le conducteur qui m'a reconnu aussi.

— C'est facile. Alors ?

— Voilà, chef. Alors, le conducteur, Willy, le Borgne, m'a dit qu'il amenait deux gentlemen arrivés par le train... et que ces gentlemen venaient au ranch Harding pour voir tout de suite John White.

Le gérant sursauta :

— Ah ! ils voulaient voir John White. Et qu'est-ce que tu as répondu ?

— Que nous n'avions pas de John White à la maison. Ils ont insisté et ils ont fini par me dire que ce John White était le neveu de John Harding.

— Bon. Après ?... Parle donc...

— Voilà, chef ! Je leur ai dit que le neveu de John Harding ne s'appelait pas John White mais Edgar Brown... et qu'en ce moment il ne se trouvait pas à la maison.

— Alors ?

— Alors Willy, le Borgne, en entendant le nom d'Edgar Brown dit à ses deux gentlemen : « Le joyeux cousin... Bon... Oui... Il n'est pas ici... Je sais où il est.. à la fête du club Stockring. »

— Et puis ?

— Voilà, chef... Les deux gentlemen ont fait tourner la voiture rapidement en disant au borgne : « Vite ! vite ! conduis-nous au Stockring !... Pourvu que nous arrivions avant qu'il soit trop tard !... Vite ! vite ! » Et ils sont partis comme des fous.

Joë ajouta :

— Voilà, chef... Mais, pendant que ces gens parlaient et me regardaient, surtout un des deux... je touchais, moi, la crosse de mon revolver.

— Pourquoi ?

— Parce que jamais je n'ai vu pareilles figures de brutes, de bandits.

— Ah !...

— Oui, chef... Si c'est là des amis du cousin, je puis vous dire que le cousin n'a pas de belles relations.

Franck demanda :

— Personne dans la maison n'a eu connaissance de cette visite ?

— Non. Personne... Ça s'est passé à la porte de l'enclos... trop loin pour qu'on s'aperçoive de la venue de cette voiture... Ni l'oncle Jim, ni les autres n'ont rien vu et ne savent rien encore.

— Bon. Eh bien ! ne dis rien !

Alors Franck tendit la main à Joë.

— Maintenant, monte derrière moi et viens te coucher.

Il saisit le gamin par le poignet, l'enleva et le fit passer derrière sa selle.

Joë s'accrocha au buste de son chef. Au petit galop, ils regagnèrent l'enclos intérieur des bâtiments.

Franck remercia l'oncle Jim, les autres veilleurs, les envoya se coucher.

Lui, avec son assistant, il rentra son cheval.

Puis il regagna son appartement et envoya son fidèle assistant se coucher dans le sien.

Franck eut un nouveau sujet d'inquiétude.

— Qui étaient ces hommes à mauvaise figure ?... Que venaient-ils faire ici ?... Pourquoi venaient-ils au ranch Harding dans la nuit ?...

Alors, il ne se coucha pas.

Il alluma un cigare et attendit le retour du patron, pour être plus tranquille.

Il se disait :

— Ah ! je crois que maintenant, avec ce joyeux cousin, le malheur est entré dans la maison jusqu'ici si grandement heureuse !...

Il ne s'étonna pas de n'avoir point rencontré cette voiture si tragiquement chargée en revenant, parce qu'il avait, lui, avec son cheval, pris par des sentiers de traverse où une voiture n'aurait pu passer.

Il pensa aussi que les deux singuliers amis du joyeux cousin avaient pu le rejoindre au cercle pendant que, lui, il revenait au ranch.

— Ce sont probablement, se dit-il, deux *gamblers* qu'il a fait venir de New-York pour le seconder.

Enfin, il vit le patron rentrer en bon état, laisser son cheval aux mains des hommes de garde à l'écurie et pénétrer dans la maison.

Alors seulement Franck jugea qu'il pouvait prendre quelque repos.

... Les deux amis, dont l'un n'était autre que Samuel l'ancien bagnard, qui avait fait cette terrible impression sur le gamin, finirent par rejoindre leur chef John White, ou Edgar Brown, au cercle Storkring.

Malheureusement, il était trop tard pour le mettre en garde contre les agissements du *gambler* rival Adam Fadem et ses associés.

Le coup était fait.

Tous trois, dans un des petits salons d'attente du club, entrèrent dans une rage aussi folle qu'impuissante.

— J'ai perdu ! J'ai perdu ! leur répétait Edgar furieux. J'ai perdu !... Je n'ai plus qu'à payer... et je n'ai pas d'argent...

— Nous non plus, déclara Samuel.

Il ajouta :

— Nous espérions même pouvoir nous refaire un peu dans ce charmant pays.

— Nous verrons. Nous verrons ce qu'on peut récolter, leur dit Edgar. Ce soir, c'est fini...

Il leur donna rendez-vous pour le lendemain et leur recommanda de ne pas se montrer dans les environs du ranch...

... Le lendemain, Edgar devait payer sa dette à Adam Fadem.

Mais avec quoi ?

— Je demanderai à mon oncle de m'avancer cette somme...

Certes, la somme était forte, mais qu'était-ce pour un homme riche comme John Harding ?...

CHAPITRE XVII

L'ARGENT DIFFICILE

Assez confiant dans la réussite de sa démarche, le joyeux cousin qui, certes, n'était pas joyeux ni souriant ce matin, alla trouver son oncle dans son bureau.

— Ah ! mon garçon, dit le brave homme, je t'attendais.

C'était un bon début.

Du moins, Edgar le pensa.

— Vous avez été témoin, mon cher oncle, hier soir, du guet-apens dans lequel je suis tombé.

— Oui, oui, j'ai tout vu. Tu t'es bien défendu, tu as bien joué. Mais je ne sais pas pourquoi tu as perdu avec cette persistance... Qu'est-ce que cela veut dire ?

Le joyeux cousin leva les bras au ciel.

— Je n'y comprends rien.

— C'était à croire que ton adversaire avait des cartes enchantées, ou que ta patte de lapin ne vaut rien...

— L'un et l'autre, mon cher oncle.

— Non, il y a une autre raison qui m'échappe. Un joueur comme toi ne peut être dépouillé de cette façon, même par un joueur professionnel... même par un *gambler.*

Il dit cela très sincèrement, le brave

homme, sans se douter de l'ironie que comportaient ses paroles.

N'eût été la gravité de la situation, le joyeux cousin n'aurait pu retenir son rire.

Mais l'oncle reprit gravement :

— Enfin, quoi qu'il en soit, que tu aies perdu d'une façon ou d'une autre, tu as perdu... il faut payer...

— Hélas !

— Es-tu en mesure ?

Edgar ne répondit pas tout de suite.

— Tu n'as pas cette somme ? demanda l'oncle Harding.

— Pas tout à fait.

— Ah ! ah ! ça, ça change, ça devient grave. Tu ne peux pas payer ?

Edgar dit alors :

— Je comptais sur vous.

— Pourquoi ? Pour payer à ta place ?

— Pour m'aider...

Ferme et précis, John Harding déclara :

— Impossible.

Edgar sursauta :

— Cependant, mon oncle...

— Non. Inutile d'insister. Je n'ai pas cette somme...

— Mais, mon oncle, vous n'abandonnerez pas le fils de votre sœur.

— Jamais, mon garçon ! Mais je ne puis pas faire ce qui m'est impossible.

— Si vous ne m'aidez pas, je serai déshonoré... Et ma honte retombera également sur vous.

— Oh ! pardon ! pardon ! ne va pas jusque-là... Ce sera fâcheux pour moi, pas autre chose... Et personne au monde ne voudra me voir déshonoré parce que mon neveu a perdu au jeu de l'argent qu'il ne peut rembourser. Non ! non ! ne crois pas cela...

Puis, il demanda :

— Voyons, mon garçon, ne nous désespérons pas encore... voyons, tu fais des affaires à New-York ; donc tu dois avoir du crédit, des amis, des gens qui ont confiance en toi... Voyons, tu as quelque fortune, sans doute... puisque tu mènes la belle vie dans la grande ville... Combien peux-tu réunir, tant par ton actif que par ton crédit ?

Edgar répondit :

— Je ne sais pas au juste...

— Sans doute, mais à quelques mille dollars près, tu dois savoir le chiffre de tes affaires...

— Je n'ai pas mes livres de comptes et j'ai besoin de faire un relevé, de voir mes gens.

— Rien de plus juste...

— En attendant, ne pouvez-vous...

John Harding lui coupa la parole d'un geste :

— Non ! Ne revenons pas sur ce point... Moi, impossible...

Tout en écoutant son oncle parler, Edgar voyait le gouffre, creusé hier soir devant lui, s'agrandir et devenir plus profond.

L'oncle reprit :

— Si tu veux, je peux tenter une démarche auprès de ton créancier Patterson... puisque l'autre, ton vainqueur, jouait, en somme, pour lui... Je peux aller le voir, lui demander de te laisser le temps de revenir à New-York, de réunir les fonds... Tu es étranger, ici. Cette démarche est très acceptable... Nous sommes de vieux amis, Patterson et moi... Je sais qu'il acceptera, qu'il accueillera fort bien ma demande.

Mais l'entrètien prit tout à coup un autre caractère.

Par la fenêtre, John Harding aperçut Franck qui passait.

Il l'appela.

Franck entra dans le bureau.

En deux mots, John Harding le mit au courant de la situation de son neveu, sans se douter que le gérant la connaissait bien mieux que lui.

Franck répondit :

— Comme vous, master Harding, j'ai été très étonné de voir cette mauvaise chance s'attacher au jeu d'Edgar. Mais je crois devoir vous faire une déclaration, qui vous en donnera certainement la raison.

— Parle, mon garçon. On a triché, falsifié les cartes ?

— Pas tout à fait. Mais ce prétendu cousin est tout simplement un *gambler* professionnel, que Patterson est allé chercher à New-York, précisément pour battre Edgar.

John Harding sursauta :

— Qu'est-ce que tu me dis là ? s'écria-t-il. Un *gambler* de profession ! Mais alors, c'est un vrai guet-apens, c'est un coup de banditisme. Et Patterson, ce brave homme, s'est rendu coupable d'un méfait pareil?... Et ils ont, au Storkring, laissé un homme pareil prendre place parmi les honnêtes gens ?... Mais ça change tout, cela... Ça change tout...

Vivement, très excité, il ajouta :

— Edgar, mon garçon, maintenant je comprends... Tu es une victime d'un coup monté... d'un *gambler*. Bon ! Bon !... Ta perte ne doit pas être prise en considération... Tu ne dois rien... Patterson compren-

dra qu'il ne peut exiger de l'argent gagné dans des conditions pareillement déshonorantes pour lui.

Il conclut :

— Je vais le voir, moi, Patterson ! Je vais lui parler... Je vais arranger cette affaire. Et nous allons bien voir...

Se tournant vers le gérant :

— Franck, mon garçon, dit-il. fais seller mon cheval... Je vais, d'un galop, trouver Patterson et m'expliquer avec lui...

CHAPITRE XVIII

LA RAGE DU COUSIN

... Peu après, encore tout vibrant, le bon John Harding s'élançait, au galop, sur la route de Sandhill.

Le joyeux Edgar n'avait pas osé le dissuader de faire cette démarche, dont il prévoyait déjà le terrible résultat.

C'était un écroulement absolu.

Il aurait voulu étrangler Franck, qui venait de lui porter le dernier coup.

Mais il le crut de bonne foi.

Et Edgar, qui décidément n'était plus le joyeux cousin, s'en alla dans la prairie fumer un cigare et anxieusement attendre les événements.

... John Harding, après un galop furieux, arriva chez son vieil ami Patterson.

Patterson, encore rayonnant de sa victoire, lui fit un bon et cordial accueil.

Mais John Harding refusa de prendre la main qu'il lui tendait et, tout de suite, entra dans son sujet.

— Je viens vous dire, Patterson, que vous avez mal agi, hier soir. Vous avez commis une action malhonnête.

Patterson sursauta.

Il ne comprenait pas la raison d'un pareil début, dans un entretien de deux vieux amis comme eux.

John Harding, après avoir, en termes vifs, proclamé son indignation, blâmé la manœuvre, non seulement de Patterson, mais de tous les membres du cercle qui avaient toléré pareille infamie, introduit un *gambler* professionnel, un écumeur de cercle, dans le respectable Storkring, déclara qu'il défendait à son neveu de verser un sou de l'argent qu'il estimait, lui, qu'on avait extorqué, volé.

Patterson laissa son vieil ami achever sa

tirade indignée, épuiser ses imprécations, mais comme Harding reprenait plus vivement et maintenant l'insultait gravement, il crut devoir l'arrêter.

— Mon vieil ami, dit-il, je ne comprends pas votre démarche et je ne tolérerai pas vos injustes reproches. Quant à vos insultes, vous allez voir sur qui elles vont retomber.

Et, venant à Harding, il ajouta :

— Dans toute cette affaire, vous dites qu'il y a un voleur et des volés...

— Parfaitement ! Je le déclare... Je le maintiens...

— Bon. Eh bien ! les volés, c'est nous.

— Vous ?

— Oui, nous, les membres du Storkring, et vous-même... vous.

— Moi ?

— Parfaitement, vous, Harding...

— Et le voleur ?

— C'est votre neveu !

John Harding bondit sur Patterson, qui l'arrêta.

— Assez, Harding... pas de menaces, pas de gestes regrettables, dont vous auriez trop de peine ensuite.

— Vous insultez mon neveu...

— Je ne dis, hélas ! que la vérité... Ecoutez-moi, comme un vieil et sincère ami... Chaque fois que votre joyeux neveu vient ici, nous le recevons amicalement, au Storkring. Il nous raflait à tous beaucoup d'argent... comme à vous... Bon... Jouer avec lui, d'une si belle force, nous a amusés pendant quelque temps... Mais nous avons fini par trouver que cette chance n'était pas très naturelle...

— Vous prétendez que mon neveu est un tricheur ?

— Je ne l'ai pas dit... Le hasard a amené au cercle un voyageur qui nous a fait une révélation singulière.

— Sur mon neveu ?

— Non... Sur un nommé John White... un *gambler* connu dans tous les tripots de New-York, un écumeur de cercle, qui avait eu affaire avec la police de nombreuses fois.

— Quel rapport entre ce *gambler* John White et mon neveu ?...

— Un tout petit rapport, mon pauvre ami. C'est que John White est le nom dont s'affuble, dans les tripots et autres coupe-gorge, vide-bourse de New-York, votre neveu Edgar Brown.

— Cet homme a menti !

— Je ne pouvais croire à ses paroles, moi non plus, personne au cercle... Mais, alors, j'ai fait le voyage de New-York. J'ai acquis moi-même la triste preuve que cet homme avait dit vrai. Alors j'ai eu l'idée... et, ici, j'accepte toute responsabilité, d'engager cet Adam Fadem, qui est, à New-York, le *gambler* rival de John White et son ennemi acharné... Je l'ai amené ici pour nous venger de cet Edgar Brown, qui n'était autre que John White et nous dépouillait avec une si joyeuse désinvolture.

— C'est la vérité, ça, Patterson ?

— Harding, c'est la vérité !

John Harding serra fortement les mains de son vieil ami.

Et, sans abandonner sa colère, mais lui donnant un autre motif, il sauta sur son cheval et revint à son ranch.

En route, au galop, sa colère, peu à peu, tomba.

Il put réfléchir.

Il vit qu'il ne devait pas faire l'éclat dont il avait eu l'idée tout d'abord, qu'il ne fallait pas, pour l'honneur de la maison, exécuter, chasser bruyamment son neveu si grandement coupable.

Il entra donc, très calme en apparence, appela Franck.

— Fais préparer la voiture pour conduire Edgar au train.

Et il fit venir le joyeux cousin.

— Tout s'arrange, lui dit-il, ton créancier Patterson te donne du délai... Tu vas donc prendre le prochain train pour New-York... Tu réuniras les fonds facilement. Un de tes amis intimes est prêt à te seconder. Cet ami, c'est John White !... Adieu...

... Ce fut encore l'assistant Joë qui fut chargé de conduire le joyeux cousin, absolument navré et plein de rancune, de rage, contre tout le ranch, à la gare, sur la voiture...

CHAPITRE XIX

LES DEUX COMPÈRES

... Maintenant, à la station, il ne pensait plus qu'à sa vengeance.

Il regarda s'éloigner en hâte le gamin, qui sifflait de toutes ses forces un air triomphal.

Quand il en acquit la certitude, le voyant s'élancer sur la grande rue qui traversait la ville et menait dans la campagne, dans la direction du ranch, Edgar entra dans la gare, prit son billet, fit enregistrer ses bagages.

Et il descendit en ville.

Il avait donné rendez-vous à ses hommes, Samuel, le bagnard, et à son camarade Ratnose, autrement dit, en français : Nez-de-rat.

Ce Nez-de-rat devait son surnom à sa figure pointue, à son nez allongé qui, vraiment, rappelait le museau d'un rat.

Avec ses petits yeux noirs, brillants, il complétait la ressemblance.

Mince, menu, agile, sans cesse en éveil, toujours aux écoutes, se faufilant partout et trouvant toujours quelque chose à grignoter, à chiper, c'était bien un homme rat rongeur, et nul surnom ne fut mieux donné que celui de Ratnose.

Il offrait, avec la brute qu'était le gentleman bagnard Samuel, le plus absolu contraste.

Aussi, ces deux compères s'adoraient-ils, ou du moins ne se séparaient jamais, vivaient leur vie côte à côte.

Ratnose était un bandit aussi dangereux, peut-être plus, que Samuel.

Leur amitié datait de l'âge des flèches, c'est-à-dire du temps où ils portaient le costume des bagnards.

Car Ratnose avait la gloire de compter autant d'années de costume à flèches que le colosse Samuel.

Ils étaient donc bien faits pour se rencontrer en ce monde, s'entendre et poursuivre en bon accord leur vie aventureuse.

Et le joyeux cousin fut heureux de les connaître.

Il les engagea tout de suite.

Et eux le servirent avec un dévouement de forçats.

... Samuel et Ratnose étaient descendus dans un hôtel que leur avait indiqué Edgar.

Ayant rendez-vous avec lui, ils l'attendaient.

Eux aussi, ils étaient furieux de cette aventure.

Eux aussi, ils ruminaient une vengeance terrible.

Mais eux, pour le moment du moins, c'était de cet Adam Fadem qu'ils voulaient se venger.

Mais, dès ses premiers mots, John, — ou Edgar, comme vous voudrez... disons Edgar encore, pour ne pas nous embrouiller, — donc, dès les premiers mots, Edgar arrêta son bouillant complice.

— Vous savez que j'ai perdu, hier soir, une somme de dollars de quoi remplir une large basquette...

— Oui, mais tu ne vas pas payer ! s'écria Samuel, indigné.

— Je n'en ai jamais eu l'intention...

Le colosse respira.

— Je croyais que mon cher oncle prendrait le soin pour moi de régler ma déveine.

— Ton oncle refuse ?

— Oh !

— Et il me fait jeter à la gare par un petit garçon qui siffle !

Ratnose, assis dans un coin de la pièce, écoutait sans bouger, roulait ses petits yeux noirs et, dans un mouvement machinal, grattait doucement la pointe de son nez.

— Voilà où j'en suis, mes chers amis... Ruiné, déshonoré, sans maison, sans parents.

Samuel cria :

— Mais tu nous as, nous, Ratnose et ton vieux Sam...

— Heureusement !

— Dis-nous seulement ce qu'il faut faire et ne t'occupe pas du reste...

Lentement, Edgar reprit :

— J'avais formé ce doux projet de devenir le mari de ma cousine, qui est jolie comme la plus belle de New-York... et qui est riche autant que belle... Et nous aurions eu, mes bons camarades, la vie la plus heureuse du monde.

— Oui ! Oui !... On aurait joué avec des cartes dorées...

— Donc, dit Edgar, voici la situation, mes chers amis... Cette jolie fortune, qui devait me revenir, m'échappe stupidement. Si mon oncle n'était pas là, je saurais bien contraindre Doris à devenir ma femme, et tout serait rétabli... Mais mon cher oncle a une santé de fer et promet, si Dieu le veut, de devenir centenaire.

Ratnose insinua :

— Oui. Beaucoup de gens seraient devenus centenaires s'il ne leur était arrivé un fâcheux accident.

— Très juste ! approuva Samuel... un accident fâcheux, qui devient un événement heureux...

Les trois hommes s'étaient compris.

Et, entre eux, froidement, le sort de John Harding venait d'être décidé.

Alors, sans plus insister, comme le lui avait dit Samuel, Edgar reprit :

— Un accident, survenu pendant que,

moi, je serai au loin, à New-York ou sur le chemin de New-York... On me rappellera et tout sera rétabli...

— Bon ! Bon !... dit Ratnose, nous avons compris... Ça suffit... Le reste nous regarde... Toi, prends le train pour New-York... Mets de la distance entre toi et l'accident...

CHAPITRE XX

CE QUE VOIT JOË LE SIFFLEUR

Edgar, cordialement, serra la main de ses deux amis si dévoués.

Et il se disposa à prendre la porte.

Mais Ratnose l'arrêta :

— Une minute, mon cher ami, dit-il. Nous allons, Samuel et moi, travailler pour toi ; il faut... dans ce travail spécial, bien établir nos conditions.

— Mais comme toujours... Il me semble que c'est le meilleur...

— Sans doute... sans doute... Mais il y a une petite différence, aujourd'hui.

— Laquelle ?

— Quand nous travaillons pour toi, dans un club, un tripot quelconque, nous ne risquons, si nous sommes découverts, démasqués, que quelques coups ou quelques jours de prison... ou une simple amende...

— Oui.

— Mais ici... nous risquons la corde. Et, quand tu seras maître de la fortune, le partage fait, qu'est-ce que nous deviendrons, ce bon Sam et moi ?...

— Très juste... dit Samuel qui approuvait toujours ce que disait son camarade.

— Et puis, reprit Ratnose, nous sommes trop habitués à toi pour vivre sans toi, loin de toi...

— Merci, mes amis, dit Edgar, quelque peu gêné par cette amitié débordante.

Il demanda :

— Enfin, qu'est-ce que vous voulez ?

— Nous voulons, répondit Ratnose, nous voulons ne pas te quitter !

— Je serais enchanté, mais la vie des prairies...

— Nous fera grand bien... Voyons, tu trouveras bien, dans tes domaines, un emploi pour nous deux !... Tiens, c'est une idée que j'émets, tu nommerais Samuel gérant, administrateur... et moi, comptable... Ça irait parfaitement.

Samuel approuva.

Edgar dut s'incliner.

— C'est entendu... dit-il.

De nouveau, il tendit la main à ses complices.

Il pensait en lui-même que, maître de la fortune, il saurait bien s'arranger pour faire taire ces encombrants amis avec peu de chose.

Quant à les avoir avec lui constamment, non... ça, jamais... jamais...

Et il se dirigeait vers la porte, quand Ratnose l'arrêta encore.

— C'est bien entendu comme ça ? dit-il.

— Oui, entendu, convenu, arrêté !...

— Ne dis pas ce mot ! s'écria Ratnose.

— Bon. C'est réglé... Vous avez ma parole...

Ratnose, alors, tira un carnet et un stylographe de sa poche.

— Bon, ça va... dit-il. Pas d'objection ? Alors, écrivons cette bonne convention... Puisque je suis ton comptable, je commence mon emploi par la rédaction d'un petit acte...

Et il écrivit, en triple exemplaire, en quelques lignes, ce qui venait d'être décidé entre eux.

Edgar dut apposer sa signature.

Alors, seulement, le subtil Nez-de-rat le laissa partir.

— Comme ça, dit à Samuel, Ratnose, quand, intérieurement absolument furieux, Edgar fut parti, comme ça, nous le tenons... John White est un excellent garçon, sa parole vaut une signature... donc sa signature vaut sa parole.

— C'est juste.

— Et s'il venait à oublier sa parole... ou bien, il faut tout prévoir quand on est comptable, ou bien s'il cherchait à se défaire de nous... tu sais que les accidents empêchent de devenir centenaires...

— Compris !

— ... Eh bien, nous aurions ce petit papier, ce petit papier nous sauvera... mon bon Samuel, ce petit papier est notre fortune. C'est notre pain quotidien. C'est la douce tranquillité pour nos vieux jours !...

Alors, pour ne pas perdre ce précieux petit papier, le subtil Nez-de-rat imagina un stratagème.

Comme, dans cette ville, ils ne possédaient pas de coffre-fort dans une banque, où ils auraient pu l'enfermer, comme ils ne voulaient pas le confier à l'étude d'un *solicitor* quelconque et que, d'un autre côté, ils ne tenaient pas, pour bien des raisons, à le conserver sur eux, Ratnose et Samuel allèrent à la poste.

Ils s'adressèrent mutuellement le précieux papier à New-York, faisant enregistrer et recommander l'envoi.

Ainsi, la poste garderait précieusement les deux lettres pendant leur absence.

Les deux petits papiers ne pouvaient se trouver ailleurs plus en sûreté.

De retour à New-York, ils n'auraient qu'à retirer leur lettre et ils mettraient leur petit papier dans un nouvel abri, aussi sûr...

... Pendant ce temps, le joyeux cousin roulait vers New-York, tout en roulant dans sa tête mille pensées peu gaies.

Une grande anxiété étreignait son âme.

Elle ne devait cesser qu'à la réception du télégramme officiel lui annonçant l'accident arrivé à son cher oncle.

Jusque-là, il ne pourrait respirer tranquillement.

Car si l'on prenait l'un ou l'autre de ses complices, le petit papier le condamnait infailliblement...

Il est, dans l'existence des aventuriers, beaucoup d'heures aussi pénibles, beaucoup de journées aussi angoissantes et beaucoup de nuits aussi horribles.

Ah ! les gens qui mènent une petite vie paisible, sans grosse ambition, sans heurts, n'en connaissent peut-être pas le juste prix.

Enfin, après ces longs jours de voyage en chemin de fer, le cousin Edgar arriva chez lui.

Un télégramme l'attendait depuis le matin. En tremblant, il ouvrit le message.

Et il lut ces quelques mots :

« John Harding mort accident. — FRANCK. »

Alors il sembla au joyeux cousin qu'on lui enlevait une cuirasse d'acier qui étreignait son buste, qu'on débarrassait son crâne d'un casque de plomb.

Il respira à pleins poumons.

Franck télégraphiait... Donc Ratnose, Samuel n'étaient pas inquiétés.

Franck parlait d'accident, donc on trouvait la mort toute naturelle.

Ah ! quel soulagement !

La grande douleur qu'il dut ressentir à l'annonce de cette mort accidentelle ne lui fit cependant pas perdre la tête.

Il n'oublia pas que, malgré son deuil, il avait à prendre quelques petites précautions,

pour le cas où il lui faudrait établir un alibi.

Il se montra donc aux cercles, aux maisons de jeux, chez des amis, fit remarquer son passage.

De cette façon, il devenait impossible, en cas d'enquête, de pouvoir en quoi que ce soit l'inculper.

Car, réellement, nul ne pourrait admettre que le joyeux cousin pût se trouver à New-York et en même temps près de l'endroit où l'accident était arrivé à son cher oncle.

Puis, quand il eut bien fait remarquer sa présence à New-York, le cousin reprit le train et revint au ranch Harding.

Depuis plusieurs jours, le pauvre oncle reposait dans sa dernière demeure.

Pieusement, Edgar monta au cimetière, rendre ses devoirs au défunt.

Alors, il commença à s'occuper de ses affaires.

Le moment était venu où il devait se montrer adroit...

... Dans la soirée qui suivit cette arrivée du cousin au ranch et sa visite au cimetière, le jeune assistant Joë entraîna son chef hors de la maison, sous prétexte de lui montrer quelque chose dans un des parcs.

Franck, se doutant que le petit bonhomme voulait lui dire quelque chose de sérieux, loin de toute oreille indiscrète, le suivit.

Quand ils arrivèrent à ce parc, assez éloigné de la maison, Joë regarda aux alentours si personne n'écoutait, si aucun curieux, même un homme du ranch, ne pouvait entendre.

Puis il dit à Franck :

— Voilà, chef, ce que je voulais vous dire...

— Je t'écoute, mon garçon.

— Le cousin est arrivé aujourd'hui ?

— Oui.

— Bon ! Il vient de New-York ?

— Sans doute...

— Bon ! Mais s'il revenait de New-York sans y être allé ?

Franck le regarda, étonné.

— Qu'est-ce que tu veux dire ?

— Voilà, chef... Je veux vous dire que le cousin peut certainement revenir de New-York mais que, probablement, il n'y est pas allé.

— Explique-toi...

— Voilà, chef... C'est moi qui ai eu l'honneur de conduire Sa Seigneurie, quand notre regretté patron l'a mis carrément à la porte du ranch.

— Oui, alors ?

— Alors, j'ai mené Edgar à la station, on a débarqué ses bagages et il est entré prendre son billet.

— Tout cela est logique.

— Tout à fait logique... Et moi, je suis parti, en sifflant, tout content... Ça aussi, c'est tout à fait logique.

— Oui.

— Bon... Mais je n'ai pas repris tout de suite le chemin du ranch... Je me suis attardé en ville pour faire quelques achats, des commissions pour tante Fanny et pour Molly, comme je fais toujours.

— Je sais... Ensuite ?

— Voilà, chef... Ensuite, je me suis attardé encore... pour moi... Je me suis fait une commission pour moi-même.

— Quelle commission ?

— Avec l'argent que j'ai gagné en pariant pour miss Doris, au saut de la barrière, je me suis offert un banjo.

— Un banjo, encore !

— Pas encore, c'est le seul... Parce que vous pensez bien que je ne veux pas jouer de celui que m'a donné le joyeux cousin...

— C'est ton affaire. Après ton banjo, que s'est-il passé ?

— Ce n'est pas après. C'est pendant... pendant que j'achetais, que j'essayais mon banjo. Tout à coup, j'ai vu passer dans la rue, devant le magasin, qui ?...

— Le cousin ?

— Oui, chef.

— Ah !

— Alors j'ai pensé que c'était un singulier moyen d'aller à New-York que de descendre en ville...

— En effet.

— Je ne suis pas curieux, mais il est des cas où j'aime bien savoir... Ça, c'était un de ces cas. Vous comprenez...

— Oui... Ensuite ?

— Ensuite, j'ai payé mon banjo... l'ai mis sous le bras et, laissant ma voiture, qui ne risquait rien, j'ai suivi de loin le joyeux cousin... Je voulais voir où il allait, en prétendant se rendre à New-York.

— Tu l'as vu ?

— Oui, chef... Il est entré dans un hôtel de la sixième avenue. Moi, j'ai voulu en savoir un peu plus... Je me suis caché derrière un journal, sur un banc, entre quelques citoyens qui n'avaient rien à faire et prenaient le soleil... J'ai attendu, sans bouger... J'ai attendu... pas trop longtemps ; peut-être une

heure... Et le cousin est sorti... Cette fois, il remontait vers la gare.

— Tu l'as suivi ?

— Non. Ce n'était pas la peine... Je voulais savoir qui il était allé voir dans cet hôtel.

— Tu es allé le demander au contrôle ?

— Non... Ç'eût été une maladresse... On ne m'aurait pas répondu et on aurait avisé le cousin.

— Alors, qu'est-ce que tu as fait ?

— Voilà, chef : rien.

— Rien ?

— Non, je n'ai rien fait. J'ai attendu encore un moment. Je regardais les gens qui sortaient de l'hôtel... et j'ai bien fait car, au bout de quelques instants... j'ai vu paraître deux personnes de ma connaissance... c'est-à-dire des gens que j'avais déjà vus... Et savez-vous, chef, qui étaient ces gens ?

— Non.

— Eh bien, c'étaient les deux hommes qui sont venus le demander, le soir de la réunion au Storkring.

— Ah !

— Oui... l'homme qui a une tête effrayante... la brute... et l'autre qui a une figure toute pointue... les deux hommes qui se trouvaient sur la voiture du borgne.

Franck fut tout remué par les paroles du petit.

— Tu es sûr, mon garçon, dit-il. Tu es bien sûr d'avoir reconnu ces deux hommes ?

— Oui, chef. Ils sont assez reconnaissables pour qu'on ne les oublie pas quand on les a vus une fois... Ils ont une figure si sympathique que le revolver saute dans votre main à leur approche...

Franck, maintenant, réfléchissait.

Faisant un rapprochement entre la visite nocturne, la séance du Storkring et la rencontre à l'hôtel, il se dit que probablement ce devaient être des camarades ou des confrères, ou des complices.

Franck devinait la vérité. La déduction de tous ces faits était, en effet, très logique...

Alors il posa la main sur la tête de son assistant.

— Je te remercie, mon bon Joë, de m'avoir dit cela... Tu as été un habile petit bonhomme. Eh bien, mon bon Joë, maintenant, plus que jamais, nous aurons à veiller sur miss Doris.

Fièrement, le petit garçon déclara :

— On veillera, chef... on veillera double... vous pouvez compter sur moi !

Ils rentrèrent tous deux à la maison, tristes, préoccupés, sentant s'amasser sur ces toits, qui avaient abrité tant de bonheur, de gros nuages.

CHAPITRE XXI

AU FOND DE LA CARRIÈRE

Le cousin Edgar avait repris son appartement, dans le « pavillon des amis ».

Il veillait encore, car de la lumière filtrait à travers les persiennes.

— Pourquoi veille-t-il ?... se demanda anxieusement Franck. Quel mauvais coup prépare-t-il ?

Maintenant, pour lui, il n'y aurait plus de repos, plus de tranquillité.

Franck redoutait l'avenir. Il avait peur du lendemain... peur de la nuit... Peur à tout instant, non pour lui... mais pour la fille de son maître, de celui qu'il pleurait comme un père.

Celui dont, malgré tout, à son avis, la mort inattendue restait un mystère.

Un mystère qu'il cherchait à éclaircir...

... John Harding, ce jour fatal, dans l'après-midi était, comme souvent, monté à cheval pour se rendre dans une de ses fermes visiter un de ses corals.

Franck, de son côté, était avec Joë, dans une autre prairie, où il examinait un troupeau dans lequel on allait sélectionner quelques animaux pour les vendre.

Miss Doris, partie sur Cigarette, faisait exécuter à son cheval quelques exercices d'entraînement.

Bref, c'était la vie habituelle du ranch.

Le soir arriva et chacun rentra chez soi.

Miss Doris prépara la table en attendant son père.

Franck et son assistant se régalèrent du bon dîner préparé par tante Fanny.

Puis après dîner, pendant que Franck fumait sa dernière pipe, Joë lui donnait un aperçu de la sonorité de son banjo neuf.

Ils pensèrent enfin à aller se coucher, car il fallait se lever de bonne heure, le lendemain, quand miss Doris, affolée, entra dans le pavillon du gérant.

Elle dit, dès la porte :

— Franck, je suis très inquiète, mon père n'est pas encore rentré...

Franck, à la vérité, ne s'alarma pas de cette absence.

Les derniers événements lui firent supposer que John Harding s'était rendu à la ville pour parlementer soit avec son vieil ami Patterson, soit avec d'autres gens ayant eu affaire à son neveu, c'est-à-dire ayant été dépouillés par lui.

Il pensa que John Harding avait été retenu en ville plus tard que, probablement, il n'aurait voulu.

Mais il était certain qu'on ne tarderait pas à voir le patron apparaître.

Il dépêcha un homme à la ville pour s'enquérir au Storkring, chez Patterson, chez d'autres, demander si l'on avait vu John Harding.

Lui, il essaya de rassurer miss Doris, de lui faire admettre ses bonnes raisons.

Mais Franck ne s'en tint pas à ces assurances, auxquelles il commençait lui-même à ne plus ajouter foi.

Il mobilisa tous les cow-boys du ranch et les envoya de tous côtés. Il donna des coups de téléphone dans toutes les directions, chez tous ceux qu'il savait être en relations avec le patron.

Partout, la réponse fut la même.

On n'avait pas vu John Harding.

Les Blacktown, prévenus, vinrent offrir leur concours pour les recherches.

Maintenant, chez tous, la conviction avait pris naissance que quelque chose était arrivé au patron.

Doris se désespérait, ne sachant que faire, prête à partir, à aller n'importe où, pour porter secours à son père.

Mais où aller ?

Le jeune Fred se tenait auprès d'elle, l'encourageant, cherchant à lui donner un espoir que lui-même, comme Franck, n'avait plus.

Et ce fut ainsi, de longues heures dans la nuit.

Bien que la nuit fût chaude et claire, les cow-boys parcouraient les champs avec des torches, des lumières.

Ils cherchaient dans les buissons, dans les creux, dans les fondrières.

Enfin, après de longues heures de recherches, quand on commençait à désespérer, des cow-boys entendirent un hennissement plaintif venu du fond d'une carrière de pierres abandonnée.

Ils se penchèrent sur le bord, regardèrent dans le vide.

Et ils poussèrent un cri de douleur.

En bas, ils venaient d'apercevoir, étendu

sur des blocs de pierre, le corps sans mouvement de John Harding.

Près de lui, son cheval, les membres brisés, faisait, dans sa douleur, dans sa souffrance, des tentatives désespérées pour se remettre debout et fuir, pauvre bête, ces rochers où il souffrait tant.

Ils appelèrent Franck ; d'autres hommes accoururent avec ce qu'il fallait, non pour le sauvetage, mais pour remonter le corps.

John gisait, le crâne fracassé, les jambes, les bras brisés.

A la tête, il portait une horrible blessure, qu'il s'était faite en tombant sur ces rochers, et qui avait occasionné la mort.

Au moins le malheureux n'avait-il pas souffert.

— Mais pourquoi, se demanda-t-on, pourquoi John Harding se trouvait-il dans cette carrière ?

Elle était, en somme, très en dehors des chemins qu'il devait prendre pour rentrer au ranch, regagner sa maison...

Pour quelle raison était-il passé par là ?

Il y avait là une route abandonnée, depuis qu'on ne travaillait plus dans la carrière...

Mais cette route n'offrait pas un raccourci pour rentrer au ranch.

Cette route ne desservait aucun village, ne menait à aucun ranch...

Elle courait, nue, défoncée, dans la prairie, en dehors de tout trafic, depuis longtemps délaissée.

Pourquoi John Harding s'y était-il engagé ?...

Toutes les suppositions, cependant, en ce cas, et avec un homme comme John Harding, n'étaient pas permises.

Il ne pouvait être question d'un clandestin rendez-vous d'amour.

Il ne pouvait être question d'une erreur par excès d'alcool.

Alors ?...

La seule explication probable était que John Harding, trop impressionné, plus frappé qu'il n'avait voulu le laisser voir par les derniers événements, avait dû ressentir un subit malaise, en revenant, un éblouissement, une perte de notion des êtres et des choses.

En ce cas, il avait, pour rentrer plus vite, poussé son cheval... et, se trompant de chemin, il s'était égaré sur cette route. L'animal, mal guidé, était tombé dans le précipice.

Ce fut d'ailleurs la conclusion du rapport des hommes de police, aussitôt appelés pour les constatations judiciaires.

Les médecins, dans leur autopsie, ne relevèrent que des blessures de choc, des fractures faites dans la chute.

Toute idée de crime devait être absolument écartée.

Seul, le terrible et douloureux accident était à retenir.

A retenir. Oui... Aucune autre explication n'était possible aux yeux de la loi...

Tout le monde devait s'incliner.

Tout le monde, sauf Franck.

Sauf Franck et son assistant Joë...

Et, ce soir, Franck, moins encore, acceptait cette explication, après les paroles de Joë, lui révélant sa découverte au moment de l'achat de son banjo à la ville.

Mais il décida de tout employer discrètement pour arriver à éclaircir ce mystère douloureux.

Car, tout de suite il avait compris que Doris était le but... Doris, héritière de la grande fortune de John Harding...

CHAPITRE XXII

LE CONSEIL DE FAMILLE

Déjà, du vivant de John Harding, le misérable avait indiqué ses espérances, laissé apparaître ses vues en osant demander la main de Doris à son père.

Franck ne pouvait maintenant douter des intentions du joyeux cousin.

Mais il était là, lui, le gérant, l'homme en qui John Harding avait confiance.

Sans que le patron lui ait confié la mission de défendre sa fille, il la protégerait contre toute tentative, il la sauverait.

Joë avait promis de le seconder.

Franck, tout de suite, comprit que la bataille allait commencer et qu'elle serait très rude.

Dès que le cousin arriva de New-York, à la suite de son télégramme, il sentit que ce combat était engagé.

Le cousin se donna deux ou trois jours pour se consacrer, disait-il, à sa douleur.

En réalité, il préparait son plan d'attaque.

Puis il dit carrément à Doris :

— Maintenant, ma chère cousine, tout en demeurant dans votre peine, qui sera longue à s'éteindre, il faut penser aux nécessités de la vie, à la situation nouvelle.

— Ma vie est bien comme elle est... Elle est parfaitement établie et nous n'avons aucun changement à y apporter.

— Pardon, ma chère Doris, pardon... Je dois vous parler ici en homme d'affaires, comme l'eût fait votre père infortuné... Vous êtes mineure et ne pouvez, sans un jugement de cour, gérer vous-même vos biens.

— Franck s'en charge... Franck avait toute la confiance de mon père, il a absolument la mienne. Franck suffit à la direction, à la surveillance de ma fortune...

— Franck conservera la direction de votre fortune, puisque vous y tenez, mais il y a vous.

— Moi ?

— Oui, vous... ma chère Doris, les convenances, les scrupules de la loi ne vous permettent pas, vous, jeune fille mineure, de rester ainsi sous la seule garde d'un jeune homme.

Doris regarda avec effarement son cousin.

— Pourquoi ? demanda-t-elle.

— Parce qu'il est inadmissible, illégal, et, je dis le mot, incorrect, qu'une jeune fille comme vous demeurât seule, sous la dépendance d'un employé de votre père, d'un jeune cow-boy.

— Je ne suis pas sous sa dépendance. Je suis absolument libre. Franck n'a ici d'autre charge que de surveiller comme il l'a toujours fait, les propriétés de mon père, qui sont miennes maintenant.

— C'est entendu. Mais il est de règle, c'est dans la loi... c'est formel. Tout enfant mineur, et c'est votre cas...

— Dans un an je serai majeure.

— Précisément. Ce ne sera pas long... mais il le faut... Tout enfant mineur, quelle que soit la durée de cette minorité, doit avoir un conseil de famille.

— Un conseil de famille ?

— Oui, qui est chargé de sauvegarder ses intérêts.

— Bien, dit Doris ; en ce cas, que Franck soit mon conseil de famille.

Edgar s'inclina en souriant.

— Pour ma part, affirma-t-il, je n'y vois aucun inconvénient... je ne fais pas la moindre opposition.

Doris respira.

Mais le traître se garda bien de lui dire toute la vérité. Il poursuivit :

— Et c'est pour régler cela que j'ai prié le solicitor s'occupant des affaires de votre père, celui en qui il avait toute confiance et que vous connaissez, qui vous a vue tout enfant, le brave et digne Philéas Astorg, de venir aujourd'hui au ranch... Nous l'attendons.

— Philéas Astorg, pensa Doris... oui, c'est un ami sûr... Je suis encore bien tranquille de ce côté.

Edgar ajouta :

— Comme Franck sera également de votre conseil de famille, je vais lui dire de ne pas s'éloigner jusqu'à la venue de Philéas Astorg.

Edgar alla donc trouver Franck et lui dit en quelques mots la teneur de l'entretien qu'il venait d'avoir avec Doris.

Franck soupçonna une nouvelle mauvaise affaire, dans cette sollicitude du cousin pour sa cousine mineure.

Mais, ignorant les axiomes du code américain, il se sentit tout de même plus confiant quand Edgar lui apprit que celui qui allait régler ce point délicat de la succession était le vieil ami de la famille, le bon et loyal solicitor Philéas Astorg.

Il connaissait Philéas Astorg, savait quels étaient ses rapports avec John Harding.

Il savait également quelle affection il portait à Doris. Donc tout irait pour le mieux.

Si le joyeux cousin avait préparé quelque coup, dont lui, honnête Franck, n'avait aucun soupçon, Philéas Astorg saurait légalement le déjouer sans peine...

... Ce fut donc sans aucune appréhension que le bon Franck se rendit au salon quand on annonça la venue de Philéas Astorg.

L'assistant Joë, qui n'avait pas été convoqué et qui ne pouvait espérer faire partie du conseil de famille, ne voulut cependant pas trop abandonner son chef.

Selon son habitude, il vint s'asseoir sur les marches de la maison, dans le jardin.

Mais, depuis la mort du patron, quand il venait ici, par respect, il ne sifflait plus.

Il attendit donc silencieusement et, pour occuper ses lèvres, ne pouvant plus faire de musique, il se mit à mâcher des bouts d'herbe.

... Naturellement, Philéas Astorg assista aux obsèques de son vieil ami John Harding.

En revoyant aujourd'hui Doris, il lui témoigna encore toute sa sympathie, l'assura de son entier dévouement.

Il serra cordialement la main au bon Franck. Et se contenta de saluer Edgar.

— J'ai été mandé, dit-il à Doris, par

M. Edgar Brown, à titre d'ami de votre père et de solicitor. Je suis venu. Voulez-vous me dire ce que vous attendez de moi ?

Miss Doris coupa la parole de son cousin et dit au solicitor :

— Pardon, master Astorg, mais, avant que mon cousin ne vous fasse connaître le but de cette réunion, que j'ignore moi-même, je tiens à la présence de deux personnes, également amies de mon père, que j'ai, de mon côté, priées d'assister à la réunion.

— Vous ne m'avez pas prévenu de cela... dit Edgar.

Doris, assez sèchement, lui répondit :

— Mon père ne me demandait jamais la liste de mes invités, sachant que, chez lui, ne viendraient que de bons, de vieux et sincères amis... Est-ce que je vais désormais avoir à vous demander une permission pour inviter quelqu'un quand ça me fera plaisir ?

Edgar sentit le coup.

Il s'inclina en souriant.

— Assurément non, ma chère cousine... Mais, aujourd'hui, il ne s'agit pas d'une simple visite d'amis... C'est une réunion de famille... pour la formation d'un conseil de famille. Doris répliqua vivement :

— Alors, je me félicite d'autant plus d'avoir convoqué ces vieux amis de mon père...

A ce moment parut le père des Blacktown.

— Ah.! s'écria Doris en allant au-devant de lui. En voici un... le plus cher...

Et elle lui tendit son front.

— Doris, ma chère enfant... dit le bonhomme, en quoi puis-je vous rendre service ?... Je suis tout à vous.

Blacktown connaissait également Philéas Astorg.

Ils échangèrent une longue et amicale étreinte. De même avec Franck.

— Mon bon garçon, je suis avec vous de tout cœur... je partage votre douleur et pleure avec vous mon cher ami Harding.

Puis il salua rapidement Edgar, comme un étranger sans importance.

CHAPITRE XXIII

LE FORBAN CONNAÎT BIEN LA LOI

Le cousin sentait le profond mépris dans lequel tous ces braves gens le tenaient.

Mais, joueur comme un tricheur, il voulait, en *gambler* de la vie, faire tête à ce mépris.

Il savait, ce forban, qu'il aurait son heure.

Et, les lèvres pincées dans un mauvais sourire, il attendait sa revanche, dont il se sentait absolument sûr.

Ce bandit, avant de se risquer dans cette nouvelle aventure, avait consulté à New-York des hommes de loi, marrons, qui l'avaient bien documenté.

Et il se présentait ici parfaitement armé.

Comme il allait de nouveau dire l'objet de la convocation, Doris, une seconde fois, l'arrêta.

— Veuillez encore patienter un moment... Nous attendons une dernière personne, un ami que certainement mes amis Philéas Astorg et Mr. Blacktown seront enchantés de voir parmi nous.

Mais, à ce moment, parut Joë.

Le joyeux cousin ne manqua pas l'occasion de faire une plaisanterie.

— Ce n'est pas le vénérable assistant que vous nous promettez, j'espère, ma cousine ? demanda-t-il.

Joë, sans broncher, après avoir salué tout le monde et faisant comme s'il ne voyait pas le cousin, alla à Doris et lui remit un télégramme puis se retira.

Doris lut rapidement le message.

— Ah ! dit-elle, l'ami que j'ai convoqué s'excuse ; il ne peut venir aujourd'hui...

Et, se tournant vers Edgar, elle dit :

— Cet ami est M. Patterson.

Edgar reçut le coup en pleine poitrine. Il pâlit.

Mais, très maître de lui, comme tout bon coquin habitué à pareille surprise désagréable, il se remit aussitôt et, prenant son ton le plus dégagé, il dit :

— Pouvons-nous, sans la présence de ce monsieur, fort regrettable mais non indispensable, ouvrir la séance ?

— Si je ne craignais d'avoir dérangé pour rien mes amis Philéas Astorg et Blacktown, je vous dirais de remettre cette séance jusqu'au jour où nous pourrions être au complet. Mais si ces messieurs le veulent, nous pouvons vous écouter. Qu'en pensez-vous, Franck ?

— Je pense que nous devons discuter sans compter sur la présence parmi nous de M. Patterson.

Tous s'inclinèrent.

Edgar, alors, non sans quelque émotion, commença son exposé.

Après avoir adressé un regret touchant à la mémoire de son cher oncle, il fit un éloge copieux du gérant Franck.

Puis, dans un silence glacial de son auditoire, il dit enfin le vrai but de la réunion.

Il dit que sa cousine, mineure, restait seule, et demanda pour elle la constitution d'un conseil de famille.

Il s'appuya sur les textes de loi et sut faire avouer au solicitor qu'il avait raison.

Le conseil de famille était indispensable.

La loi l'ordonnait.

Il fallait s'y conformer.

— Bon, dit Doris, conformons-nous à la loi.

Le triomphe du forban commençait à ce moment.

Il invoqua encore la loi, citant les textes, les articles, avec une science de faussaire, de bandit, qui étonnait même le solicitor.

Et il fit état de l'article disant que, dans un conseil de famille, c'était toujours le plus proche parent qui était nommé tuteur.

Il y eut un frémissement dans la petite assemblée.

Et, sans paraître s'en apercevoir, Edgar ajouta :

— Or, le plus proche parent, le seul, de miss Doris, c'est moi... Je vous demande donc de me confier la charge de la tutelle de ma cousine mineure, de ma cousine Doris...

Ces paroles jetèrent le plus grand froid dans l'assemblée.

Philéas Astorg, Blacktown et Franck se regardèrent avec anxiété.

Et miss Doris portait ses regards désespérés sur les trois hommes. Edgar triomphait.

Il regardait, lui aussi, les trois hommes qu'il savait ses adversaires.

Il les voyait émus, accablés.

Il se sentait absolument maître de la situation.

Après un court moment de dramatique silence, il reprit, en s'adressant à Philéas Astorg, lui demandant :

— Suis-je dans la légalité ?

Philéas Astorg, bien que ces paroles lui rongeassent la gorge, dut répondre :

— Oui, vous êtes dans la légalité.

— Rien, donc, au point de vue du droit, ne s'oppose à cette nomination ?

— Rien, en effet.

— Veuillez donc, dans ce sens, rédiger mon acte de tutelle.

Philéas Astorg dit alors, pour chercher à atténuer l'effet, qu'il prévoyait désastreux, de cette singulière tutelle :

— La loi demande qu'au tuteur soient adjoints un ou plusieurs subrogés tuteurs.

Edgar s'inclina.

— Je ne m'oppose aucunement à cette nomination.

— Bien... Nous en prenons note.

Mais Blactown intervint :

— Un moment, dit-il. La loi demande que le tuteur soit le plus proche membre de la famille du pupille...

— C'est en termes précis, dit Edgar.

— Je ne l'ignore pas, répliqua Blacktown, mais la loi dit également que ce proche membre de la famille peut être écarté de cette tutelle et qu'on peut au mineur attribuer un tout autre tuteur.

— Très juste... approuva Philéas Astorg.

— Parfaitement, répliqua Edgar, vraiment bien documenté. Parfaitement, le cas est prévu... quand le plus proche membre de la famille est au loin...

— Oui.

— Or, je suis ici... On ne peut être plus près.

— Vous vivez à New-York...

— Je vivrai ici, désormais.

— Quand l'âge de ce membre de la famille n'offre pas une distance suffisante de l'âge du pupille... On ne peut nommer un tuteur du même âge ou à peu près.

— Mais je suis plus âgé que ma cousine.

Et il ajouta :

— En tout cas, je suis plus âgé que Franck, par exemple, qui vivra aux côtés de ma cousine.

Et il conclut :

— Ne nous arrêtons pas à cette clause.

Plus grave, plus solennel, Blacktown dit encore :

— Il est une autre chose, monsieur.

— Laquelle, monsieur ?

— L'indignité de ce proche membre de la famille.

Edgar eut un frissonnement, mais, se dominant aussitôt, il répliqua :

— Cette clause ne me concerne pas !

Blacktown insista :

— Votre vie, monsieur, n'est pas exempte de tout reproche.

— Il n'y a pas de vie exempte de reproche, monsieur...

— Je vous demande pardon. Il y en a... Quand ce ne serait que celle de l'absent, notre malheureux ami John Harding, si étrangement mort... Quand ce ne serait que celle de l'honorable Philéas Astorg... celle de ce bon et loyal Franck... la mienne...

Et il ajouta :

— Quand ce ne serait même que celle de Patterson qui refuse... c'est clair, qui refuse, pour des raisons qui interviendront sans doute ici plus tard, qui refuse de venir dans cette maison maintenant...

Edgar répliqua :

— Est-ce parce que j'y suis ? C'est ce que vous voulez dire ?

— Parfaitement.

— Ce n'est pas tout à fait exact... rien ne le prouve... Je dois de l'argent à Patterson... Il me l'a fait gagner par un homme à ses gages... un *gambler* professionnel... C'est reconnu... Or, j'ai pris des arrangements avec Patterson pour le paiement... donc rien ne s'opposait à sa venue ici, aujourd'hui. Et vous conviendrez que mon indignité n'est pas grande d'avoir été dépouillé par un flibustier de tripot.

Mais Blacktown, que cette discussion énervait, donna un coup de poing sur la table :

— Assez ! dit-il vivement... Assez, pour le moment, sur ce chapitre délicat...

Il précisa :

— Je fais toutes réserves pour l'avenir.

— A votre gré, monsieur.

— Philéas Astorg, cessons ces débats, qui ne sont aucunement à notre honneur, ni à celui de miss Doris, ni au souvenir de notre ami disparu. Je conclus... Je déclare que, connaissant la pensée de mon ami Harding, jamais il n'aurait, lui, confié pareille garde à M. Edgar Brown, son plus proche parent.

— C'est, dit Edgar, faire parler un mort selon sa propre idée... Que concluez-vous ?

— Je demande à Philéas Astorg, puisque la loi nous y oblige, puisque, pour le moment, nous ne pouvons faire différemment de nommer M. Edgar Brown tuteur de miss Doris... et de nommer subrogés tuteurs tous deux, Franck et moi.

— C'est entendu, dit Edgar.

Il avait gain de cause.

— Bien, dit Philéas Astorg, je rédigerai l'acte conformément à la décision du conseil de famille. Monsieur Edgar Brown, vous êtes nommé tuteur de miss Doris.

— Je refuse, dit vivement Doris... Je refuse ce tuteur !...

— La loi vous oblige à accepter, dit Ed-

gar. Et c'est justement pour éviter les erreurs d'une jeune pupille, qu'on lui donne un tuteur, auquel elle doit obéir.

Alors Doris déclara :

— Bien... J'obéirai à la loi... J'ai encore dix mois de minorité... Pendant ces dix mois, je saurai bien me défendre... Philéas Astorg, vous pouvez rédiger cet acte, nommant M. Edgar Brown mon tuteur...

Ce fut ainsi que le joyeux cousin devint le tuteur de Doris.

CHAPITRE XXIV

LA RAISON DE LA MORT

Mais, après la séance, quand le gérant reconduisit le bon Blacktown, furieux et anxieux, le père des trois bons garçons lui dit :

— Franck, mon ami, vous avez une rude tâche, maintenant... Vous avez à bien veiller sur Doris.

...Puis la vie nouvelle commença, au ranch Harding.

Et maintenant qu'il était passé sous la direction du joyeux cousin, le ranch fut triste éperdument.

On faisait le travail, oui, comme par le passé, mais sans gaîté, sans joie, sans bruit.

Les boys ne riaient plus comme de grands enfants. Ils ne s'amusaient plus.

On ne chantait plus.

C'est à peine si Joë sifflait.

— Le ranch est en deuil, se disaient entre eux les cow-boys.

Quand miss Doris venait les voir, ils se rangeaient autour d'elle, respectueusement, silencieusement.

Et Doris, en voyant de grosses larmes dans leurs bons yeux dévoués, essuyant les siennes, ne pouvait que leur dire :

— Courage, mes garçons... Un peu d'espoir !

Edgar avait essayé de se faire bien venir, de se montrer aimable...

Ce fut en vain, les boys lui glissaient dans les mains, avaient toujours quelque chose de pressé à faire pour ne pas rester avec lui, pour ne pas lui parler.

Furieux, il pensait :

— D'ailleurs, ici, tous ceux à qui je ne plais pas vont avoir à faire bientôt leur paquet et déguerpir...

Edgar, pendant les premières semaines de

ses nouvelles fonctions, se montra en somme assez raisonnable.

Il prenait ses dispositions, préparait son coup et guettait l'heure propice.

Elle devait sonner.

Et sonner comme un glas.

Entre temps, Franck avait recommencé l'enquête judiciaire.

Il voulait savoir pourquoi John Harding s'était engagé sur cette route, sur laquelle jamais il ne passait.

Savoir pourquoi, comment on avait pu l'y entraîner.

Car Franck avait cette conviction que, de son plein gré, dans son état normal, John Harding ne serait pas passé sur ce chemin.

Mais Franck ne trouvait rien.

Edgar, qui se tenait à l'affût de tout, eut vent des recherches de Franck.

Et, un jour que le gérant faisait une nouvelle enquête, Edgar, comme par hasard, le rencontra dans une prairie assez écartée.

A brûle-pourpoint, le joyeux cousin dit au gérant :

— Vous aussi, mon cher ami, vous cherchez à élucider ce douloureux problème... Et, comme moi, vous ne trouvez aucun indice, rien qui puisse vous mettre sur la voie de la révélation...

Franck ne répondit pas.

— J'ai, reprit le cousin, tout envisagé... rivalité de fermier... de voisinage... contestation de propriétaire... vengeance de solliciteur évincé... mauvaise volonté d'un débiteur... tout, tout, mais mon oncle vénéré n'avait ni rivaux, ni jaloux, ni débiteurs mauvais... Alors... alors... quelle raison ?

Edgar reprit, après un court silence :

— Alors, mon cher, si fort que cela vous paraîtra tout d'abord... j'en suis arrivé à conclure à la seule raison que personne n'a encore pensé à envisager. Et cette cause est l'amour...

Franck tourna vers Edgar des yeux plus indignés que surpris.

Il avait, lui aussi, il faut en convenir, envisagé cette hypothèse.

Mais, tout de suite, il avait su l'écarter, en reconnaissant qu'elle était inadmissible.

La vie de John Harding était simple, claire, se passait au grand jour et ne comportait aucun mystère.

Il indiquait toujours le but de ses courses.

On le voyait chaque fois là où il avait annoncé qu'il se rendait.

Il était possible, pour ainsi dire, de le suivre dans ses absences.

Et Franck connaissait trop aussi les gens qui habitaient dans les environs pour concevoir le moindre doute.

Mais il attendait la fin des explications du joyeux cousin, si fin enquêteur, si habile à faire des déductions.

— Mon cher, reprit Edgar, nous parlons entre hommes... Nous connaissons les faiblesses que peuvent avoir les hommes les plus forts... Nous savons quel est le pouvoir ensorceleur de deux jolis yeux...

Et, lançant en l'air la fumée de son cigare, Edgar ajouta en souriant :

— Et il y a, dissiminées dans la prairie, quelques maisons où s'abritent de fort jolies Mexicaines aux yeux de feu, au rire de sorcières... Il y a, dans les *saloon-bars* des environs, des petits démons tentateurs...

Laissant le gérant, il lui dit :

— Réfléchissez à cela, mon ami... Pensez-y... Peut-être est-ce la bonne voie !...

CHAPITRE XXV

LE COUP DU LASSO

Blacktown avait, dès le premier jour, offert asile à Doris, ne voulant pas la laisser au ranch Harding, où maintenant s'installait en maître ce singulier tuteur.

Mais Doris avait remercié.

Elle n'avait pas peur. Franck était là, et son cousin devrait se tenir tranquille.

Il y avait bien encore un moyen pour finir cet état de choses inquiétant.

Mais ce moyen était des plus délicats et ni les subrogés tuteurs, ni surtout le tuteur ne voulaient en parler encore.

Ce moyen était de marier Doris.

Doris mariée, les tuteurs devenaient absolument inutiles et devaient disparaître.

Mais quand Blacktown osa en toucher un mot à la jeune fille, elle lui répondit :

— Pas encore... Ne parlons pas de cela... Laissez-moi finir mon deuil... Nous verrons plus tard... plus tard...

Et les affaires du ranch continuèrent de marcher dans cette atmosphère de suspicion, de crainte, de haine.

On s'attendait tous les jours à un nouvel événement tragique, et ce n'était jamais sans peur qu'on voyait arriver la nuit.

Bien qu'elle fût d'une sûre bravoure, d'un

courage à toute épreuve, Doris, pour se mettre à l'abri de toute surprise et pour ne pas se trouver seule dans cette grande maison, faisait maintenant coucher près de sa chambre la bonne Molly, brave femme qui l'avait vue toute petite et lui était absolument dévouée.

Dans un couloir, près de l'entrée, le vieux Jim venait aussi s'étendre sur une paillasse.

Doris était bien gardée...

... Les policiers que Blacktown chargea de faire une enquête sur les deux individus suspects, amis d'Edgar, au bout de quelques jours, lui rendirent compte de leur mission.

Ils avaient pu établir l'emploi du temps des deux hommes et n'avaient rien relevé de suspect, de douteux, rien qui pût les faire incriminer, ni même soupçonner de quoi que ce soit.

Ils avaient vécu en ville, au grand jour, fait quelques promenades à cheval dans les environs.

D'ailleurs, ils semblaient ne pas connaître la contrée et ne s'éloignaient guère de leur hôtel.

Puis, ils étaient repartis, avaient pris le train pour New-York.

Mais ce que n'avaient pu découvrir les policiers, c'est que si les deux compères vivaient ainsi au grand jour, ils n'en menaient pas moins une vie occulte.

Ils semblaient ne pas connaître la contrée.

Mais Samuel la connaissait parfaitement.

Autrefois, il y avait fait de la contrebande et, avec quelques gentlemen mexicains, pratiqué le commerce libre des bœufs, c'est-à-dire le métier de voleurs de troupeaux.

Samuel connaissait très bien cette ancienne carrière abandonnée, qui servait de refuge aux bandits, aux contrebandiers, et dont, maintenant encore, souvent, les *bootlegers*, ou contrebandiers d'alcool, faisaient un bel usage.

Or, voici ce qui s'était passé, et ce que tenait tant à savoir Franck.

Mais ce qu'il eût été bien difficile aux policiers de découvrir.

Deux jours après le départ du joyeux cousin pour New-York, John Harding était venu en ville.

Il s'était attardé avec son ami Patterson et rentrait alors que le soir arrivait.

Comme toujours, il était à cheval.

Mais, sans qu'il s'en doutât, Samuel et Ratnose l'avaient vu avec Patterson. Ils se montrèrent vers le côté opposé de la ville, s'y firent remarquer par des achats dans un magasin, où ils soulevèrent quelques difficultés sur l'empaquetage de leur emplette.

Puis ils firent le tour de la ville, passèrent par les voies où ils ne risquaient pas d'être reconnus plus tard.

Et ils allèrent se poster sur la route que devait prendre John Harding pour rentrer chez lui.

A cette heure, à peu près tout le monde est de retour des champs; les bêtes sont rentrées dans leur corral, leur écurie... la journée est finie.

C'est le repos de la nuit qui commence.

Il n'y a presque plus personne dehors.

Or, le désert est vaste, la prairie immense.

Les fermes, les ranchs sont très loin les uns des autres.

John Harding, maintenant, se hâtait au bon galop de son cheval.

Il lui fallait à peu près deux heures, pour regagner son ranch.

Son cheval était bon, certes, mais non à l'abri de la fatigue.

Et, au bout d'une heure à peu près, de bonne course, coupée de petits galops de repos, Harding allait à toute petite allure, pour laisser un peu souffler sa bête avant de lui demander encore un gros effort.

Or, ce repos de milieu de route l'amena à peu près à la hauteur de la fameuse carrière.

La route de la carrière, toutefois, était encore loin.

Cette partie de la prairie s'étendait, absolument déserte et couverte d'arbres, de hautes plantes à piquants, de gros blocs de rochers.

C'était un bel endroit pour guet-apens.

Aussi était-ce celui que les deux bandits choisirent pour rencontrer John Harding, leur future victime.

Tous deux inspectèrent bien les environs et n'y virent rien de suspect. Aucun fermier rentrant, aucun cow-boy en course, aucun Indien regagnant son campement.

C'était absolument parfait.

Alors, quand John Harding, tranquillement, fumant son cigare, avançait au pas de son cheval, les deux bandits le croisèrent à l'endroit le plus couvert de tout le chemin.

Ils passèrent.

John Harding, qui connaissait tout le monde dans le pays, ne reconnut pas ces deux voyageurs.

Mais ceux-ci ne l'ayant même pas salué, il continua sa route tranquillement.

Tout à coup, il sentit une forte douleur à la nuque, un choc formidable, comme un coup de massue.

Avant qu'il eût pu se rendre compte de ce qui lui arrivait, un second coup plus fort lui était porté.

John Harding, assommé, tomba en avant, sur l'encolure de son cheval, sans pousser un cri, sans avoir pu faire la moindre résistance, sans qu'il lui fût seulement possible de donner un coup d'éperon à son cheval et de prendre la fuite.

Il venait d'avoir la nuque meurtrie et la tempe fracassée.

Samuel lui avait porté un coup employé par les Indiens dans la pampa.

Coup terrible auquel rarement homme ou animal peut échapper.

Ce coup est porté comme quand on veut prendre au lasso.

Le lasso des Indiens mexicains est une longue corde très souple, qui se termine par deux boules de plomb.

Ces boules de plomb donnent une envolée formidable au lasso et s'enroulent autour du cou, d'un membre de la victime, avec une force extrême, une rapidité prodigieuse.

Tout animal attrapé ne peut échapper ; le cheval le plus rapide, le taureau le plus fort sont rendus captifs et mis dans l'impossibilité non seulement de fuir, mais de tenter la moindre résistance.

Mais, avec ce terrible lasso, on peut faire encore un autre travail. On peut assommer, tuer.

C'est un tour de main, un coup d'adresse.

En donnant plus ou moins de corde, l'enroulement ne se fait pas, mais les balles de plomb font choc et portent un véritable coup de massue.

CHAPITRE XXVI

LE CRIME BIEN PRÉPARÉ

Ici, Samuel n'avait pas de lasso à balles de plomb.

Il en fabriqua un avec une pierre.

Ce misérable, qui avait rôdé dans la prairie mexicaine, connaissait admirablement le maniement de cette arme redoutable.

Il laissa passer près de lui John Harding.

Puis, quand il le jugea à bonne distance, il lança son lasso à pierre.

La pierre donna le premier coup à la nuque...

Samuel attira le lasso, qui ne s'enroula pas autour du cou du malheureux Harding.

Il fit voler une seconde fois son arme et, maintenant, il atteignit la tempe de sa victime.

John avait chancelé, étourdi, au premier coup.

Au second, il s'abattit, absolument assommé. Mais il vivait encore.

Samuel s'approcha de lui et, faisant maintenant, à portée de la main, un casse-tête de son lasso, il fracassa le crâne du malheureux Harding.

Alors Ratnose, qui avait, à quelque distance, surveillant les alentours, assisté à cet assassinat, approcha.

Il aida Samuel dans la seconde partie du crime, qui était de masquer l'assassinat.

Ils maintinrent John Harding sur sa selle et entraînèrent le cheval vers la carrière.

Là, devant le gouffre, pour forcer le cheval, qui sentait le danger et reculait, à sauter, Samuel lui laboura le flanc avec la pointe de son couteau.

Sous la douleur, le cheval fit un bond, sauta et roula dans le précipice, entraînant le corps de son malheureux maître.

John Harding, en bas, heurta des rochers, acheva de se meurtrir, et lui-même, malheureux, masqua le crime des assassins.

Il fut, en effet, et il devait être impossible de reconnaître, dans toutes ces blessures, celles faites par le lasso de Samuel.

Les deux bandits se gardèrent bien de fuir tout de suite, pour ne pas éveiller les soupçons.

Ils demeurèrent quelques jours encore, attendant les événements, lisant les journaux, écoutant ce qu'on disait sur cette mort mystérieuse de John Harding.

Dès les premières heures, on écarta toute idée de crime.

Personne, dans le pays, ne voulait admettre que cet homme estimé, aimé, eût pu être assassiné.

D'ailleurs, on trouva sur John Harding papiers, bijoux, portefeuille bien garni.

Donc, il n'était pas question de vol.

L'opinion finit par établir qu'il n'y avait là qu'une fatalité, un accident.

Et l'on se contenta de déplorer cette mort, de plaindre miss Doris.

On fit au malheureux défunt de belles funérailles.

La vie continua.

Alors, les deux misérables purent tranquillement prendre le train qui, traversant tous les Etats-Unis, allait les ramener dans leur bonne ville de New-York, où ils retrouveraient Edgar.

Mais leur ami Edgar avait reçu le télégramme de Franck.

Il fit ce qu'il devait, nous le savons, pour faire constater sa présence, pendant qu'on découvrait le cadavre de son oncle ; puis, sans attendre ses complices, ses aides, il reprenait le train et revenait au ranch de John Harding.

Entre temps, il avait consulté un de ces solicitors marrons, très forts, très habiles, qui connaissent doublement le code, et comme hommes de loi et comme bandits.

C'est dire qu'ils le connaissent bien...

Cet honorable solicitor renseigna admirablement son client sur ses pouvoirs.

Il lui montra les droits qui lui revenaient et les bénéfices qu'il pouvait retirer de cette situation.

CHAPITRE XXVII

POUR PAYER

Edgar se trouvait maintenant comme en quarantaine dans le ranch.

Personne ne venait lui parler.

On ne lui répondait qu'évasivement et toujours en lui donnant une fausse indication, en le trompant.

Puis il n'osa plus trop s'aventurer dehors, dans les prairies, dans les parcs.

Plusieurs fois, il entendit des coups de feu partir il ne savait d'où.

Les balles sifflèrent à ses oreilles.

Une d'elles traversa les bords de son grand chapeau.

Il ne pouvait s'y tromper, maintenant, c'était sur lui qu'on tirait.

Edgar n'avait plus à douter de l'hostilité de tous ces hommes.

— Il faut que je me débarrasse d'eux, se dit-il, et le plus tôt possible... Sans cela, c'est eux qui se débarrasseront de moi.

C'était admirablement penser.

Cependant, dans tout ceci, une chose le surprenait et il n'arrivait pas à la comprendre.

Pourquoi Doris, pour échapper à sa tutelle, qu'il sentait bien lui être profondément odieuse, ne se décidait-elle pas à se marier ?...

Pourquoi n'annonçait-elle pas ses fiançailles officiellement avec Fred Blacktown ?

Pourquoi, enfin, le subrogé tuteur Blacktown ne cherchait-il pas à enlever Doris à sa tutelle, dont, plus que tous les autres, il s'était montré l'ennemi ?

Edgar ne comprenait pas.

Il voyait Doris aller souvent chez les Blacktown.

Il voyait souvent Fred, les trois frères, venir chercher Doris, faire avec elle, comme déjà unis, en parents, de longues promenades.

Et Doris ne manifestait aucunement ses intentions de mariage.

Et aucun des Blacktown n'en parlait.

Et Philéas Astorg jamais n'avait soulevé cette question dans les réunions du conseil de famille.

C'était un point mystérieux, quelque peu inquiétant.

Mais tout, ici, était inquiétant pour le joyeux cousin.

La partie était dure à gagner.

Mais il la gagnerait, dût-il employer, comme souvent, au jeu, des moyens un peu vifs.

Dans ses projets, déjà il pensait au renvoi de la plupart des cow-boys et voulait les remplacer par des hommes choisis par lui et qui lui seraient, par là même, dévoués.

Ce fut, naturellement, Franck qu'il attaqua le premier.

Edgar avait pris avec son créancier Patterson des arrangements pour le règlement de sa dette.

Dès qu'il fut nommé tuteur de Doris et qu'il eut la gestion de sa fortune, il s'empara des clefs du coffre.

Dans ce coffre, il trouva une somme liquide assez forte et de nombreuses valeurs.

Tout de suite, sans consulter ni Franck ni Blacktown, ni surtout Doris, il employa cet argent à régler sa dette, à payer Patterson.

Mais Patterson, brave homme, ne voulait pas accepter cet argent, dont il soupçonnait la provenance.

— C'est de l'argent appartenant à Doris, dit-il, je ne veux pas dépouiller la fille de mon ami Harding.

Malheureusement, Patterson s'était acoquiné avec un terrible *gambler*, Adam Fadem.

Et Adam Fadem n'avait pas de ces scrupules d'honnête homme.

Il avait gagné.

Il attendait, ici, son argent.

C'est lui qui, malgré Patterson, le prit.

Puis, les poches bien garnies, content de son séjour, Adam Fadem et ses deux associés reprirent le train de New-York...

... Mais, quelques jours plus tard, Franck eut des paiements à faire pour le compte du ranch ; il eut à donner leurs appointements aux hommes, au personnel.

Il présenta son bordereau à Doris.

Doris l'approuva et, appelant Edgar, mit sous ses yeux ce bordereau, lui disant seulement :

— Veuillez payer !

Payer ! Edgar sentit un froid lui courir dans le dos.

Il ne s'attendait pas à une demande d'argent si prochaine.

Il regardait le bordereau, le vérifiait, le tournait dans ses mains.

Mais il ne se dirigeait pas vers le coffre pour prendre l'argent.

Franck et Doris attendaient.

CHAPITRE XXVIII

LE MAUVAIS QUART D'HEURE

Au bout d'un moment, Doris dit à son cousin :

— Veuillez donner cet argent. C'est la paye des hommes... Jamais mon père, ni le père de mon père n'ont fait attendre leur personnel ni leurs fournisseurs.

Et comme Edgar hésitait encore, elle reprit :

— Mon père avait soin de tenir toujours en avance la somme nécessaire pour ses paiements et ses échéances... Je sais la somme que contenait le coffre-fort avant sa mort... Elle était doublement suffisante... Donc vous n'avez pas à hésiter. Veuillez remettre cet argent à Franck.

Edgar ne pouvait plus différer.

Il ne pouvait échapper à cet ordre.

Les mots étaient clairs, indiscutables :

— « Veuillez remettre cet argent à Franck ».

Mais Edgar ne se dirigea pas plus vite vers le coffre-fort.

Il essaya de parler.

— Ma chère Doris, mon cher Franck... je dois vous dire...

Doris lui coupa la parole.

— Pardon... les hommes attendent leur argent... Payez-les d'abord. Vous nous parlerez après...

Ainsi poussé dans ses derniers retranchements, le joyeux cousin, d'une mine très déconfite, fut obligé de déclarer :

— Je n'avais pas prévu... Je ne suis pas en mesure...

— Vous n'avez pas d'argent ?

— Pour le moment.

— Et celui du coffre ?

— J'ai dû l'employer à faire face à certaines obligations qui, inattendues...

D'un geste, Doris lui coupa la parole :

— Oui... inattendues, en effet...

Et, cinglante, elle ajouta :

— L'échéance Patterson était, en effet, bien inattendue...

Ces paroles produisirent un frémissement double.

Celui du cousin était l'étonnement, l'anxiété.

— Comment, pensa-t-il, Doris sait-elle que j'ai payé Patterson ? Elle connaît donc l'aventure du Storkring ?... »

Et le frémissement, chez Franck, était celui de l'indignation.

Franck était furieux que cet homme employât l'argent de son maître à payer ses dettes de jeu...

Mais, alors, très calme, tout simplement sans colère dans son intonation, Doris reprit :

— Donc, mon cher tuteur, c'est votre gestion qui cause cette première honte à la famille Harding... Pour la première fois, au ranch Harding, on n'aura pu payer les hommes !.... Vous trouverez bon qu'à ce sujet le conseil de famille se réunisse sans tarder...

Elle ajouta :

— Cependant, les hommes attendent leur argent... Or, ce n'est ni à moi, ni à Franck, à leur apprendre que vous ne pouvez les payer... Veuillez vous charger vous-même de ce soin.

C'était donner à Edgar la plus désagréable mission.

Mais c'était le juste châtiment de sa faute.

Cependant, il eut la lâcheté de dire, sur un ton implorant :

— Je crois que Franck saurait mieux que moi parler aux hommes...

— C'est certain, dit Doris. Mais ce que

vous avez à dire aux hommes est trop grave, ce n'est pas au gérant à le dire... C'est à mon tuteur...

Impitoyable, elle s'assit et indiqua un fauteuil à Franck.

— Allez, dit-elle au joyeux cousin. Nous vous attendons ici...

Edgar dut se résoudre à cette démarche.

C'est sans plaisanterie, sans forfanterie, sans gaîté qu'il se dirigea vers la porte.

Sur les marches, il trouva Joë qui sifflait.

Ah ! certes, il eût volontiers sur le gamin passé sa rage.

Il lui eût, dans les reins, envoyé un coup de pied...

Mais ce n'était pas le moment de se livrer à cette dangereuse exubérance.

Il se rendit vers la grande cour, devant les écuries, où, selon l'habitude, les hommes se réunissaient, les jours de paie.

Ce jour, pour tous, était jour de fête, de gaîté.

Ces grands enfants attendaient en jouant, en riant, se faisant mille plaisanteries.

Dans un coin, à l'ombre et à l'abri du vent, se trouvait la petite table et un escabeau attendant Franck et l'argent...

... Quand Edgar, baissant la tête, très ennuyé, fut sorti, Doris quitta son fauteuil et vint à Franck.

Le brave garçon était pris par une fièvre très forte.

Ce manque d'argent, ce déshonneur jeté sur la maison l'accablaient.

Et, tout en épongeant son front ruisselant de sueur, il essuyait ses yeux d'où des larmes, grosses, brûlantes, coulaient.

En lui-même il murmurait douloureusement :

— Mon pauvre patron... Ah ! M. Harding, quelle peine ! Quelle infamie !

Doucement, Doris lui posa sa main sur l'épaule.

— Franck, lui dit-elle, mon bon Franck... Relevez la tête... La honte n'est pas pour nous, aujourd'hui... L'honneur des Harding est sauf...

— Mais le paiement des hommes ?

— Il est assuré.

— Comment ?

— Il est dans votre chambre.

— Dans ma chambre ?

— C'est Joë qui l'y a porté tout à l'heure.

Franck comprit.

— Ah !... Vous saviez... vous saviez qu'il avait dépensé... dilapidé cet argent... et vous avez...

Doris sourit.

— Rassurez-vous, Franck. L'honneur de la maison est à couvert... Tout est paré... Et il n'a plus grand'chose à voler ici... Toutes les précautions sont prises... Les hommes sont payés...

Et Doris ajouta :

— Seulement il ne faut pas que mon tuteur s'en doute... Vous direz aux hommes de garder le silence et de faire comme s'ils n'étaient pas payés.

— Bien, miss Doris.

— D'ailleurs, l'oncle Jim, déjà, les a préparés à l'aventure... Mais je voulais que le joyeux tuteur passât ce mauvais quart d'heure... comme j'espère lui en faire passer quelques autres...

Ce fut, en effet, un quart d'heure peu gai pour Edgar.

Les cow-boys, qui riaient, jouaient, faisaient les fous, attendaient leur gérant Franck.

Quand ils virent, à sa place, apparaître le joyeux cousin, aussitôt tous les rires cessèrent.

Les cow-boys ne continuèrent pas leurs jeux.

Au gai et formidable tapage succéda un silence glacial.

Les cow-boys se rangèrent dans un coin de la cour, en face de la petite table.

Curieusement, ils regardaient le cousin, le tuteur, avancer...

Edgar était bien plus gêné qu'il ne voulait le laisser paraître.

Il cherchait à dissimuler son trouble sous un sourire bon garçon.

Mais un sourire, pour avoir quelque valeur, doit rencontrer d'autres sourires.

Et celui du joyeux cousin ne trouvait que des figures fermées, des lèvres maussades ou méprisantes.

Malgré lui, Edgar se disait que, parmi ces hommes, se trouvaient ceux qui, de temps en temps, lui tiraient dessus.

Celui qui lui avait, d'une balle, troué le bord de son chapeau.

Il voyait dans les gaines les revolvers.

Mais, enfin, Edgar devait faire face aux événements et, en somme, braver ces hommes.

C'était, en ce moment, sa fortune qu'il jouait.

Avisant la petite table et devinant que

c'était là que se faisait le paiement des salaires, il se rendit à cette petite table, autour de laquelle, autrefois, s'échangeaient, avec une cordiale poignée de mains, des mercis dévoués et des rires.

Les cow-boys avaient vu que le cousin ne portait pas les sacs de cuir contenant l'argent.

Sacs devant lesquels, en riant, les cow-boys agitaient leurs grands chapeaux et qu'ils accueillaient de saluts frénétiques, de cris de triomphe, de danses de Peaux-Rouges.

C'était, chaque fois, un fol amusement.

Mais ce profond silence et cette immobilité n'étaient pas de bon augure pour Edgar.

Maintenant, il avait pris place derrière la petite table.

En face de lui se tenait le groupe des cow-boys.

En avant il vit, dans ses vieux habits, sous son antique chapeau de cuir, le vieil oncle Jim, qui fumait, immobile, sa pipe ancestrale.

Old Jim le tenait sous le regard pétillant de ses petits yeux malicieux.

Mais Edgar ne pouvait rester plus longtemps sans prendre la parole.

Il commença :

— Mes amis... le grand deuil qui nous a tous frappés a amené dans la maison Harding de grandes perturbations, des changements considérables...

— Oh ! oui !... ronchonna old Jim, derrière sa pipe.

Un grognement des cow-boys lui donna une approbation générale.

Cela suffit à Edgar pour comprendre que l'entrevue serait encore plus difficile qu'il ne le pensait.

L'hostilité n'était plus sourde : elle s'avouait.

Elle éclatait au grand jour.

Néanmoins, comme il devait tenir bon, il reprit :

— L'établissement des comptes d'une succession ne se fait pas en une heure... Elle demande des vérifications, des études et des contrôles qui passent par diverses mains, pour obtenir une approbation nécessaire aux yeux de la loi.

Le vieux Jim, sans quitter sa pipe de sa bouche, répliqua :

— Pardon, monsieur, mais la succession du patron John Harding ne doit être ni longue ni difficile à établir.

— Croyez-vous ?

— J'en suis sûr...

— John Harding vous tenait au courant de ses affaires ?

— Aucunement, mais ce n'était pas nécessaire.

— Ah !

— Depuis toujours je connais, nous connaissons tous, ici, nous, ses collaborateurs, les affaires de John Harding... Nous savons que le patron tenait à jour ses comptes et que sa comptabilité, dont le gérant Frínck avait la charge, était absolument claire et en règle parfaite.

Un nouveau grognement approbateur souligna les paroles du vieux Jim.

Il reprit :

— De plus, John Harding a, comme héritier unique, sa fille... Donc, la succession ne doit présenter aucune difficulté.

Et old Jim conclut :

— Ceci dit... maintenant, continuez...

Il se reprit :

— Non !... Plutôt... cessons ces discours... Le travail nous réclame... Les garçons sont attendus par leurs chevaux, par leurs bœufs, par leur besogne abandonnés seulement pour quelques instants... Allons au but... Donnez-nous nos gages, que nous retournions tout de suite chacun à notre emploi...

Le moment difficile était arrivé pour Edgar.

— Mes amis, dit-il, les paroles de notre oncle Jim sont empreintes du bon sens le plus entier, mais, en vérité, les choses ne se sont pas passées tout à fait comme il le croit.

— Alors ?

— Alors la vérification des comptes n'est pas faite et nous ne pouvons, avant cela, distraire de l'argent de la succession...

— Ce qui veut dire ? demanda old Jim.

— Ce qui veut dire que je vous demande de nous accorder quelques jours pour vous verser vos appointements.

Il y eut un moment de stupeur.

Les cow-boys croyaient avoir mal entendu.

CHAPITRE XXIX

LES SECONDS DU COUSIN

Le vieux Jim, gravement, reprit la parole :

— Que dit miss Doris de cette honte ?

— C'est en son nom que je vous parle.

— C'est elle, elle... miss Doris, qui vous envoie nous dire cela ?

— C'est moi qui, en tant que tuteur, viens vous le dire...

— Vous ne pouvez nous payer ?

— Dans quelques jours.

— Miss Doris nous demande d'attendre ?

— Oui...

Le vieux Jim se tourna vers ses camarades.

— Vous avez entendu, ce monsieur ne peut nous payer... et, au nom de miss Doris, il demande d'attendre quelques jours.

— Oui.

— Acceptez-vous ?

D'une seule voix, les cow-boys répondirent : Pour miss Doris, oui, nous acceptons.

Alors, le vieux Jim se tourna vers Edgar.

— Dites à miss Doris que, pour elle, les hommes du ranch Harding attendront leur paiement tant qu'elle voudra...

Et, sans saluer, sans vouloir voir la main que, vers lui, le cousin tendait, le vieux Jim entraîna ses camarades silencieusement.

Edgar resta seul derrière la petite table, la rage au cœur.

— Vous autres, pensait-il... toi, le vieux Jim, vous n'avez pas longtemps à rester ici... Je vais vous remplacer par d'autres gaillards moins attachés à leur reine et qui me seront un peu plus dévoués, à moi...

Et il se dirigea vers le salon où l'attendaient Doris et Franck.

Il les retrouva tous deux assis à leur même place, tels qu'il les avait laissés.

Il avait, de même, retrouvé sur les marches blanches le petit Joë, sifflant le même air.

Edgar entra dans le salon ayant, comme il convenait, composé son visage, préparé son attitude.

Il avait pris un air souriant, tranquille, rassuré ; en somme, il semblait tout à fait content de lui-même.

Doris et Franck le regardèrent sans lui poser la moindre question.

— Eh bien ! dit-il, c'est arrangé.

— Ah !

— Oui, très bien... Les garçons, y compris le vieux Jim, se sont montrés charmants... Ils ont accepté.

— Bien ! dit Doris.

— Bien ! dit Franck.

Tous deux se levèrent et tous deux se retirèrent, laissant Edgar devant son coffre à peu près vide.

Dans la soirée, Franck alla trouver ses cow-boys et leur remit leurs gages en leur recommandant le secret.

Secret qu'ils tinrent d'autant mieux qu'il leur donnait une merveilleuse force de résistance contre cet homme détesté.

Bientôt, la vie fut intenable pour Edgar.

Il semblait être le prisonnier des hommes du ranch.

Alors il résolut de changer radicalement cet état de choses.

D'autant plus que, maintenant, il entrait dans la période aiguë.

Mais il avait, depuis longtemps, acquis la conviction qu'il ne pourrait agir seul.

Trop d'adversaires se trouvaient en face de lui.

— Il me faut, se dit-il, un concours énergique et habile...

Or, il pensa :

— L'habileté se trouve chez Ratnose... l'énergie, la force, chez Samuel...

Samuel, cet assommeur, avec ses poings énormes, ses marteaux au bout des bras, devait écraser le plus fort des cow-boys.

Devant lui, on se tairait...

A lui, on n'oserait faire obstacle...

A lui, on obéirait.

Car le muscle, le poing sont les maîtres absolus, dans la prairie.

Quant à Ratnose, il saurait flairer, découvrir, déjouer toutes les embûches tendues autour de lui, Edgar, par ses ennemis.

De plus, il saurait parfaitement établir les stratagèmes, inventer les ruses dont il ferait, lui, un profitable usage.

En somme, de ses deux associés, il attendait le plus grand concours pour arriver au triomphe.

Il se rendit donc à la ville et télégraphia à ses excellents amis.

Il leur dit d'arriver au plus vite, qu'il avait un besoin urgent de leur présence au ranch.

La réponse des forbans fut celle qu'il attendait :

« Nous arrivons !... »

Alors, Edgar respira avec un peu plus d'aise.

Et il reprit non son humeur joyeuse, mais son sourire qu'il croyait très malicieux.

Quand la venue de ses chers accolytes fut annoncée, il dut avertir sa cousine :

— Ma chère Doris, lui dit-il, deux de mes amis de New-York seront de passage dans le pays prochainement.

— Allez les voir... Ça ne me regarde pas.

— C'est eux, au contraire, qui me demandent l'hospitalité.

— Ah !

— Je vous demande si vous me permettez de recevoir au ranch mes amis ?...

Doris répondit sèchement :

— Recevez qui vous voudrez !...

— Vous êtes tout à fait aimable... Je vous remercie...

Mais, aussitôt cette autorisation accordée, Doris s'empressa d'aller trouver Franck.

— Hello ! ami Franck, lui dit-elle. Nous allons avoir du bon temps, au ranch.

— Pourquoi, miss Doris ?

— Parce que mon cousin, ne se trouvant sans doute plus assez joyeux, a appelé du renfort.

— Du renfort ?...

— Oui. Il vient de me demander l'autorisation d'hospitaliser deux de ses joyeux amis de New-York.

Franck sursauta.

— Vous avez refusé, n'est-ce pas ?

— Non, Franck... j'ai donné l'autorisation.

Alors le gérant dit, sur un ton d'affectueux reproche :

— Ah ! miss Doris ! Qu'avez-vous fait là !

Cessant de rire, grave, sérieuse, avec un pli d'énergie farouche sur le front, elle répondit :

— J'ai fait, mon bon Franck, j'ai fait ce que j'ai cru bon de faire... j'ai fait ce que je crois nécessaire de faire !...

Franck la regarda avec étonnement.

Elle reprit :

— Mais, aussi, je viens vous avertir tout de suite !

Elle ajouta :

— Je viens vous avertir, parce que vous m'aiderez à bien recevoir... à recevoir comme il convient les deux amis de mon joyeux cousin.

Franck comprit.

— Bien, miss, dit-il. Comptez sur moi, je vous aiderai à faire à ces nobles hôtes le bon accueil qu'ils méritent.

Comme, près de la porte, Joë sifflait, miss Doris dit en riant à Franck :

— Recommandez à Joë, en l'honneur de ces hôtes, de renouveler son répertoire et même de s'exercer fort sur son banjo.

Elle conclut :

— Il y aura sans doute de la musique, dans le ranch !...

Et elle s'en alla, sauta sur son cheval, et partit au galop.

Naturellement, à distance, le jeune Joë suivait miss Doris, veillait sur elle.

Franck resté seul, se livra à ses pensées inquiètes. Il appela le vieux Jim.

Il lui dit ce que venait de lui révéler Doris.

Old Jim partagea ses craintes.

— Les amis de ce misérable, dit-il. ne peuvent être que des misérables comme lui... Prenons nos précautions.

Peu après, tous les cow-boys du ranch étaient prévenus.

Tous, d'un mouvement instinctif, regardèrent leur revolver.

Tous mirent des cartouches neuves.

CHAPITRE XXX

LE GÉRANT EST SEC

Mais, pendant quelques jours, tout le ranch attendait anxieusement la venue de ces deux amis du joyeux cousin.

Edgar leur fit préparer des chambres à côté de la sienne, dans le pavillon des amis.

Il dit à Franck de leur réserver deux bons chevaux.

— Ils sont excellents cavaliers, affirma-t-il.

Enfin, le jour de leur venue arriva.

Edgar voulut lui-même aller les chercher à la gare.

Il tenait absolument à ne pas laisser voir ses amis avant leur venue au ranch.

Et il avait quelques recommandations importantes à leur faire.

Il devait, avec eux, établir le plan de campagne. Le but était simple, précis.

— Je veux, dit Edgar à ses amis, tout en les ramenant au ranch, je veux épouser ma cousine.

— Bonne idée.

— Mais comme elle me hait... que jamais elle ne sera ma femme de bonne volonté...

— Il faut lui faire dire oui quand même, dit Samuel.

— Oui, appuya Ratnose. Ce ne sera pas un mariage d'amour, mais un mariage de raison...

Il ajouta :

— Ce sont ceux qui durent le plus longtemps...

— Mais ma jolie cousine est bien gardée...

— Puisqu'elle est riche, c'est tout naturel.

Les deux bandits, prudents et pratiques, sérieux en affaires comme des voleurs, tandis que le joyeux cousin les emmenait, eurent soin, en route, de faire un petit contrat.

Nous avons vu que c'était leur habitude.

Ils n'entreprenaient rien, au compte de leur cher ami, sans se lier à lui par un petit papier.

Ce qui prouvait la confiance qu'ils avaient en lui.

Ratnose, homme de toutes les précautions, avait apporté avec lui tout ce qu'il fallait pour faire un bon petit traité.

De bonnes feuilles de papier solide.

Un bon stylographe de New-York, avec une plume en or de dix-huit carats garantis, à bec large et oblique.

Et comme Ratnose, dans son jeune temps, avait dû être employé dans quelque office de solicitor, qu'il connaissait le droit américain, ce fut lui qui rédigea, en triple exemplaire, le nouveau contrat.

Ce contrat fut écrit sur la route.

A quoi bon une étude sombre ?

Le contrat disait que le joyeux cousin divisait en trois parts égales la fortune de son oncle John Harding, que les deux amis allaient, avec lui, conquérir.

Quand, par les moyens qu'ils imagineraient sur place, au moment voulu, Doris serait mise dans l'obligation de devenir la femme de son cousin-tuteur, on s'empresserait de vendre le ranch, de réaliser la forte somme.

Alors on donnerait, par force, à la jeune femme, le dégoût de la prairie et le désir irrésistible de vivre enfin dans la grande ville.

— Oui, dit Ratnose, la Reine des Ranchs deviendra une reine de New-York.

Mais l'argent ramassé par la vente du ranch serait très loyalement, sous la menace du revolver, partagé entre les trois bandits.

Et chacun ferait ce qui lui plairait par la suite.

— Oui, mes amis, dit Edgar, mais, maintenant que nous avons le contrat, il nous faut conquérir ma femme...

— Veinard !

— Sans doute. Mais ce ne sera pas très facile... Elle est, comme je vous l'ai dit, bien gardée.

Et il leur dit :

— Il faut, en premier, nous débarrasser du gérant Franck.

— Bon, dit Samuel, en avançant ses énor-

mes poings... Celui-là... N'en parlons plus... je m'en charge... Je lui réglerai son compte tout de suite...

— Il y a encore les fils de l'autre subrogé tuteur, les trois Blacktown...

— Ça ne me fait pas peur...

— Un d'eux est, je crois, très amoureux de Doris et Doris ne lui manifeste pas trop d'animosité.

— Bon, dit le colosse... Celui-là y passera en second.

— Enfin, il y a les cow-boys.

— Ah ! dit Samuel... Les cow-boys... C'est plus long peut-être... mais je m'en charge également...

Enfin, les deux forbans donnèrent à Edgar l'assurance qu'ils mèneraient l'affaire comme il convenait à leurs intérêts communs.

Puis, en riant, ils lui dirent, en lui montrant une grande caisse carrée qui se trouvait sur la voiture :

— Il faudra faire bien attention à ce petit colis...

— C'est précieux ?

— Précieux et fragile ! Il faudra le faire monter avec précaution dans notre chambre.

Ratnose, riant, demanda :

— Il n'y a pas de douanier, à la porte de notre futur ranch ?

— Non.

— Bon ! Parce que ce que contient cette caisse a l'habitude d'entrer chez nous sans passer sous l'œil de la douane.

Edgar comprit.

— Parbleu ! dit Samuel... Est-ce que vous croyez que nous allons venir au désert pour être plus secs qu'en ville ?

C'était une caisse de liqueurs fortes, passées, naturellement, en contrebande.

Car, à leurs moments perdus, entre quelques coups de cartes, ces honorables gentlemen *gamblers* devenaient d'honorables *botlegers*.

Des tricheurs et des contrebandiers...

Voilà les deux amis que le joyeux cousin allait introduire dans ce bon et honnête ranch Harding.

Des forbans, des bagnards, auprès de cette adorable Doris !

Quand la voiture arriva au ranch, il n'y eut personne pour assister à leur descente devant le pavillon des amis.

Personne, sauf Joë, qui se tenait caché près de la barrière du jardin, dans un fourré de fleurs.

Quand il les vit passer, à quelques pas de son fourré, le jeune Joë, qui, pour le moment, ne sifflait pas, n'aurait, d'ailleurs, pu siffler.

Car l'émotion, la surprise lui coupa le sifflet. ainsi qu'on dit vulgairement.

Mais quand il le put sans se trahir, il sortit de son fourré de fleurs.

Et il se mit en quête de son gérant.

Il le trouva, très anxieux, près des écuries.

— Voilà, chef, dit-il. Ces deux amis du cousin sont déjà venus à la maison...

— Tu crois ?...

— Ce sont les deux hommes qui sont venus demander Edgar quand il y eut, au cercle, cette soirée où le fameux *gambler* Edgar lui-même perdit tant d'argent, contre l'autre gambler de Patterson...

Franck, à cette déclaration, tressaillit.

Il comprit, devina ce qui devait se passer.

Il vit clair dans les projets du misérable Edgar.

— Il les a fait venir. se dit-il, pour exécuter le mauvais coup qu'il prépare...

Mais aussitôt il se dit qu'il faudrait redoubler de surveillance.

Alors il changea son plan.

Il avait décidé de ne pas rencontrer ces invités du cousin.

Désormais, au contraire, il les verrait souvent, les tiendrait à l'œil, les surveillerait sans cesse.

Enfin, Franck se dit que la guerre était commencée. dans le ranch si paisible... et que. là où seulement vivaient jusqu'ici des honnêtes gens, venaient de paraître des bandits.

Il fallait donc être près des bandits pour parer leurs coups.

Les deux amis voulurent, en débarquant, se montrer dans leur avantage à la Reine des Ranchs.

Ils passèrent leur tenue du soir, qu'ils arboraient dans leurs exploits, dans les clubs de New-York.

Ils voulaient produire bon effet, au moment de la présentation, aux yeux de cette jeune fille élevée dans la prairie et qui ne devait certainement pas avoir l'habitude de voir des gentlemen aussi élégants qu'eux.

Ils en furent pour leurs frais.

Doris ne se montra pas, ce soir, et ne les reçut pas.

Donc les deux compères durent, ce soir, se contenter de dîner dans la salle à manger du pavillon du gérant.

D'ailleurs, le gérant Franck, faisant grand effort sur lui-même, les reçut le plus aimablement du monde.

La présentation fut simple.

On échangea une poignée de main.

Le colosse prit la main de Franck.

Il la sentit molle, sans résistance, faible.

Il sourit.

— Celui-là, pensa-t-il... Celui-là, je n'en ferai qu'une bouchée !

Ratnose, de son côté, observait le gérant.

— Peuh ! se dit-il, un cow-boy... peut-être fort avec les taureaux, les bêtes, mais je le roulerai comme un petit garçon...

Le dîner, préparé par la rageuse Molly, fut brûlé, exécrable, comme chaque fois qu'elle faisait le dîner du cousin.

Et Joë, qui la secondait à la cuisine, riait en voyant non seulement la tête du cousin et de ses convives, mais la figure de son chef Franck, qui était obligé, par devoir, d'avaler d'aussi mauvaises choses.

Après dîner, naturellement, les trois compères, pour qui la soirée inoccupée s'annonçait comme devant être longue, sortirent, par habitude, de leur poche, des cartes.

Edgar leur avait dit que Franck devait avoir de fort belles économies.

Et ils pensaient lui enlever le souci de leur placement.

Mais Franck, qui savait à quoi s'en tenir, refusa catégoriquement la moindre partie, la plus anodine.

— Je ne touche jamais les cartes, dit-il.

Alors, Ratnose essaya d'un autre système.

Il alla chercher une bouteille de liqueur dans la fameuse caisse.

Triomphalement, il la posa sur la table.

Il savait que peu de gens, même parmi les plus raisonnables. peuvent résister à l'attrait d'une bouteille d'alcool.

Surtout, pensait-il, dans un ranch, dans la prairie.

S'il prenait Franck avec son alcool, les affaires du joyeux cousin iraient bien plus facilement.

Mais ici encore, les deux forbans devaient avoir une déconvenue.

Franck déclara :

— Mon regretté et vénéré maître John Harding a interdit l'entrée d'une bouteille d'alcool dans son ranch... Et je suis chargé, moi, de veiller à cela... Il m'est impossible de faire chez moi ce que je défends aux autres.

Il ajouta :

— Mais vous êtes les hôtes de M. Edgar. Il prend sous sa responsabilité cette infraction à la règle.

— Bast ! dit Samuel, par exception, pour ce soir...

— Sans aucune exception... répliqua Franck. Je ne puis vous défendre de boire... mais je me retire, pour ne pas vous voir boire sans le défendre.

Et, se levant de table, il prit son chapeau et se retira immédiatement.

Quand il fut sorti, Ratnose dit à Edgar :

— Cet homme a trop de bons principes... Il nous gênera beaucoup, certainement.

Et Samuel déclara :

— Oui... Il faut que je vous en débarrasse tout de suite...

CHAPITRE XXXI

LA RAISON DU PLUS FORT

Comme, malgré tout, Doris devait forcément voir les invités de son cousin, elle ne chercha pas à éluder plus longtemps cette présentation.

Elle resta à la maison le lendemain matin, sous prétexte de correspondance à faire, de comptes à régler avec Franck.

D'ailleurs, elle tenait à voir quel était le genre de ces amis, à discerner quelle sorte de danger elle courait dans leur voisinage.

Franck la renseigna tout de suite.

En deux seuls mots, il lui fit connaître la qualité de ces honorables gentlemen.

— *Gamblers*, *bottlegers*... Des tricheurs aux cartes, des contrebandiers d'alcool !

Doris se mit à rire :

— Mon cousin a de belles relations... Et, maintenant, le ranch Harding a des hôtes respectables !

Peu après, le joyeux cousin parut.

Il était seul.

Ses estimables amis, suivant leurs bonnes habitudes de citadins qui mènent la grande vie, n'étaient pas encore levés, ou, du moins, se préparaient à se montrer sous leur meilleur aspect.

— Ma chère cousine, dit Edgar, mes amis ont été désolés, hier soir, de ne pouvoir vous rendre leurs hommages.

— Je les en tiens quittes, répondit carrément Doris. D'ailleurs, ce sont vos amis, non les miens. Ils sont chez vous, non chez moi. Recevez-les donc et agissez avec eux comme si je n'étais pas ici... C'est la seule façon de nous mettre tous à notre aise.

— Mais vous les autorisez à venir vous saluer ?

— Je ne le leur défends pas... si je les rencontre... mais rappelez-leur que j'entends absolument rester libre chez moi, comme ils seront libres chez vous.

Pendant cette conversation catégorique, les deux hornorables gentlemen avaient enfin fini de se préparer, de faire leur toilette.

Ils étaient descendus de leur chambre et s'étaient mis en quête de leur cher ami Edgar.

Le joyeux cousin qui, naturellement, avait, avec eux, réglé cette mise en scène, eut l'air de les apercevoir dans le jardin.

— Ah ! s'écria-t-il, les voilà... ma chère cousine, permettez-moi de vous les présenter.

Doris ne pouvait échapper à la présentation.

Aussi bien, tenait-elle, malgré tout, à voir aussi ces bandits.

Ratnose et Samuel avaient, comme la veille, pour dîner, fait de la toilette.

L'effet fut désastreux.

En les voyant dans leurs beaux atours, Doris sentit en elle s'élever un dégoût profond, une répulsion invincible.

Son flair de femme la mettait en garde contre ces misérables. Son instinct l'avertissait du danger.

L'effet désastreux augmenta quand les deux forbans s'avancèrent et firent des grâces pour saluer la jeune fille, quand ils lui parlèrent.

Leurs manières, qui voulaient paraître aisées, n'étaient que contrefaites ridiculement.

Mais leur voix rauque, lourde, était effrayante.

Oh ! il n'y avait pas à en douter, ces hommes étaient deux bandits.

Et Doris eut tout de suite la conviction que son joyeux cousin ne les avait fait venir que pour achever un coup commencé de spoliation, qu'il n'osait, qu'il savait ne pouvoir accomplir seul.

D'instinct, Doris, tout en parlant à ces hommes, touchait de la main la crosse de son revolver, qui ne quittait jamais sa ceinture, qui ne la quitterait maintenant encore bien moins.

Franck, sur la demande d'Edgar, avait fait préparer des chevaux,

Tout de suite, Franck vit que Samuel était un homme de cheval...

Ratnose se montra aussi bon cavalier.

Des cow-boys assistèrent à cette première mise en selle des gentlemen de la ville.

Joë, naturellement, se trouvait là.

Les cow-boys furent frappés de l'air de ces amis.

Et quand ils les virent à cheval, ils se dirent :

— Ce sont des voleurs de troupeaux !

En effet, ils ressemblaient absolument à ces bandits qu'ils avaient l'habitude de combattre :

Samuel, le voleur qui risquait le coup de main.

Ratnose, le maquignon, le trafiquant qui vendait les troupeaux volés.

— Dignes amis du joyeux cousin, se dirent-ils entre eux... Il faudra faire attention.

Edgar voulut faire faire à ses amis le tour du propriétaire.

Leur montrer le domaine dont ils devaient se rendre maîtres.

Ratnose, en tant qu'ancien clerc de solicitor, évaluait, à vue de nez de rat, le domaine, portion par portion.

— Beaucoup plus que ce que vous ne pensiez, dit-il à Edgar... C'est une vraie fortune.

— Bon, dit alors Samuel. N'hésitons plus. Allons au plus vite...

Mais, partout où les mena Edgar, ils trouvèrent de grands chapeaux et, sous les grands chapeaux, des yeux brillants qui les observaient.

— Ce sont donc des champignons, ces hommes, dit Samuel, rageur ; il en pousse dans tous les coins.

Alors, il ajouta, brute terrible :

— Il faut leur faire peur... Il faut leur montrer que nous sommes les plus forts.

— Diable ! Diable !... dit Ratnose... Comment les prendre ?

— Par la force ! répéta Samuel en donnant sur une table un formidable coup de poing.

Restait à faire naître l'occasion d'affirmer cette force.

Ce ne fut pas difficile.

Ratnose s'y employa et il y réussit.

Les cow-boys, en grands enfants, n'étaient pas de taille, en effet, à lutter contre ce vieux renard.

Il les prit par la vanité.

Ayant pu accrocher le garde d'écurie et lui parler des chevaux, il lui cita la force de son ami Samuel, affirmant que dans toute la région il ne rencontrerait pas un boxeur capable de lui tenir tête deux rounds !

Or, au ranch Harding on se flattait d'avoir le meilleur boxeur du district, un jeune garçon nommé Jerry.

Le garçon d'écurie, piqué au vif, tomba dans le panneau.

Il parla de son ami Jerry.

C'était fait ! C'était tout ce que demandait Ratnose.

Le reste devait aller tout seul.

Naturellement, le garde d'écurie alla raconter aux camarades ce qui s'était passé entre lui et Ratnose.

Jerry fut averti.

Le brave garçon avait vu le colosse, étudié ses poings formidables et remarqué la bestialité, la férocité de sa figure.

En tant que boxeur, il avait tout de suite jugé l'homme.

— C'est ce que, dans les rings, on appelle un bourreau ! dit-il à ses camarades.

Les autres espéraient que ce bourreau n'était pas un boxeur, car ils avaient peur pour leur camarade.

Mais l'amour-propre de Jerry entrait en jeu et l'honneur du ranch lui sembla engagé.

Après cette conversation du garde d'écurie et de Ratnose, il crut voir une provocation directe.

Bref, il s'arrangea si bien qu'il commit la maladresse, qu'espérait Samuel, de le provoquer.

Quand Franck, prévenu par Joë, intervint, il était trop tard.

Samuel et Jerry avaient échangé la poignée de main qui les engageait.

Reculer, c'était, maintenant, se déshonorer.

Et Samuel avait le beau rôle.

Il avait été provoqué...

Quand, à son tour, Doris apprit le défi, elle se montra extrêmement mécontente.

Elle appela son cousin et, avec une rage à peine contenue, elle lui dit :

— Je vous avertis et, ici, votre pouvoir de tuteur ne pourra rien contre, je vous avertis que si votre ami fait le bourreau de boxe parmi mes hommes, je le chasse immédiatement de mon ranch, lui et son compagnon... Je les chasse tous les deux de chez moi... car je suis encore chez moi...

Le joyeux cousin eut froid dans le dos.

Il voulut rassurer sa cousine.

Ce ne serait là qu'une rencontre amicale... une démonstration, rien de plus.

Samuel était un bon garçon, terrible d'aspect, mais, en réalité, le meilleur homme de la terre.

La rencontre était pour le lendemain.

Le ring : dans une prairie.

Prévenus par Joë, les Blacktown père et fils arrivèrent à cheval.

Cette vue ne sembla pas plaire beaucoup à Edgar.

Il espérait que les Blacktown ne verraient pas les singuliers amis.

Mais enfin, ils étaient là...

Par contre, Doris se montra enchantée de leur présence.

Tout de suite elle fit les présentations.

Mais elle présenta les deux hommes de façon singulière :

— Les amis de mon tuteur ! dit-elle.

Les Blacktown se contentèrent de saluer. Ces hommes, ils les connaissaient déjà...

Et, sans rien savoir de leur sinistre passé, ils le soupçonnaient suffisamment.

CHAPITRE XXXII

LE VAINQUEUR INATTENDU

Doris prit place parmi les Blacktown, entre le père, son subrogé tuteur, et le plus jeune des fils, son ami Fred, que le cousin lui donnait comme fiancé probable...

Il eut un sourire jaune, le joyeux cousin, en voyant arriver les Blacktown et en apercevant maintenant Doris aux côtés de Fred.

Franck assistait son cow-boy.

— Allons, mon garçon, lui dit-il, puisque vous vous êtes jeté à l'eau... il faut bien nager... Courage !...

Jerry n'en manquait pas.

C'était un grand beau garçon, admirablement taillé en force.

Mais il était bien moins lourd que Samuel.

L'homme était un amas de muscles, une puissante machine à frapper.

Quand il parut dans le ring improvisé, en tenue de combat, il y eut un frémissement de terreur dans l'assistance.

Cet homme était vraiment effrayant.

Jerry parut, solide, plus beau que Samuel peu classique, mais combien plus léger.

Un des cow-boys du ranch était le juge.

Blacktown chronométrait.

L'issue du combat ne semblait pas douteuse.

Malgré toute sa vaillance, Jerry devait être écrasé par cette masse humaine

Et Samuel, s'étant déjà rendu compte de l'impression qu'il produisait sur les cow-boys du ranch, souriait.

Il était certain de vaincre et il savait que cette victoire amènerait la soumission de tous ces gaillards.

L'assaut avait lieu avec des gants de match.

Il commença bientôt.

Mais Samuel vit tout de suite qu'il n'aurait pas raison de son adversaire aussi facilement qu'il le pensait.

Il n'avait de chance d'en venir à bout que par un bon coup.

Mais Jerry était leste et savait admirablement esquiver.

Cependant, il ne possédait qu'une boxe rudimentaire.

Il ne connaissait pas toutes les ficelles du métier de boxeur professionnel.

Samuel s'en rendit compte.

— Bon — se dit-il — il commettra certainement quelque faute, quelque imprudence et je l'aurai.

Deux, trois, quatre rounds et Jerry tenait bon...

Les cow-boys frémissaient. Ils commençaient à croire au succès de leur camarade.

Edgar tremblait.

Ratnose ne disait rien.

Il savait, lui... il savait ce qui devait se passer.

Selon son habitude, suivant sa tactique, Samuel, habile et admirable encaisseur, se laissait approcher, toucher.

Il donnait confiance à son adversaire.

Puis, quand l'autre, trop confiant, devenait imprudent, Samuel le corrigeait rapidement.

Deux, trois coups lui suffisaient pour amener l'homme par terre.

Ratnose, donc, seul calme dans cette assistance bouillonnante, attendait le moment qui ne devait pas manquer de venir.

Il arriva.

Jerry porta un coup...

Samuel sembla fortement touché.

Il chancela...

Jerry crut le moment de redoubler.

Imprudent, il bondit sur Samuel.

Mais Samuel le guettait, l'attendait,

Il se remit soudain d'aplomb et reçut Jerry sur ses poings.

Deux coups, et le malheureux garçon, qui n'avait pas vu la ruse, s'abattait sur le genou.

. Avec lui, s'effondrèrent les cow-boys.

Doris en eut les larmes aux yeux.

Le juge compta les secondes fatidiques.

Avant la fin, Jerry, bravement, essaya de se relever.

Un nouveau coup de Samuel l'envoya à terre. Les cow-boys murmurèrent.

Pendant que le juge, plus nerveux que ses camarades, comptait encore, Franck s'approcha de Samuel vivement et lui dit :

— Vous deviez attendre que cet homme soit debout avant de frapper, comme vous venez de le faire.

Les cow-boys approuvèrent.

Samuel répondit :

— Il est incorrect de parler à un combattant !

Franck répliqua :

— Il est encore plus incorrect à un combattant de frapper un homme à terre !

Furieux, Samuel se tourna vers Franck :

— Vous n'allez pas m'apprendre la boxe, vous ?

— Non. Ce n'est pas mon métier.

— C'est tant mieux pour vous.

— Mais je ne laisserai passer ici rien d'incorrect et ne supporterai rien d'illégal.

Samuel regarda le gérant d'un air de défi :

— Est-ce que vous auriez la prétention de me donner une leçon ?

Sans attendre la réponse de Franck, comme Jerry, courageusement, se relevait, il dit, rapidement, au gérant :

— Vous allez voir comment j'arrange ceux qui osent me braver !

Et il sauta sur Jerry.

Le malheureux garçon fit de son mieux.

Mais il devait succomber.

Alors, Samuel, orgueilleusement, s'avança vers les cow-boys :

— Quelqu'un de vous veut-il venger son camarade ? J'ai encore bonne provision de knock-out à distribuer. Qui en veut ?

Il aperçut Joë qui, rageusement, le regardait en sifflant.

Samuel, croyant plaisanter, saisit le petit garçon par un bras.

Il l'éleva, le tint en l'air.

— Toi, mon garçon, tu veux prendre la place des autres qui n'osent pas venir,

Il le secoua, puis, le laissant tomber à terre, il lui dit :

— Tiens, goûte un peu.

Et il lui donna sur la figure un coup de poing, léger sans doute, mais suffisant pour envoyer rouler le petit garçon à terre.

Mais, à son tour, Samuel chancela, recula.

Il venait de recevoir sur l'oreille un bon coup.

— Vous êtes une brute !

Samuel se retourna furieux.

Franck était devant lui.

— Vous êtes une brute, répéta Franck... Vous frappez un homme à terre... et vous frappez un enfant !

Samuel ricana :

— Vous, qu'est-ce que vous êtes ?... Vous n'êtes plus un enfant et vous voulez aller à terre ?

Il envoya un coup de poing à Franck.

Mais le poing passa.

Et sur sa figure le poing de Franck s'abattit, terrible, se couvrant de sang.

Samuel poussa un rugissement de rage.

Maintenant, l'ami du joyeux cousin ne se maintenait plus. Le citoyen des villes avait disparu.

Seule, se montrait la brute humaine.

Seul restait le forban, l'assassin, le bagnard.

— Vous ! cria-t-il, je vais vous tuer !

Ni Edgar, ni Ratnose, maintenant, ne pouvaient arrêter, maintenir, cette brute féroce, que le sang affolait.

Doris, pâle, tremblante, assistait à cette scène effroyable. Dans ses yeux brillait une énergie farouche.

— Je crois, dit-elle vivement à Fred, qu'ici il va se passer quelque chose de grave !

Et, tout en parlant, elle caressait maintenant la crosse du revolver de sa ceinture.

Ratnose la regardait très anxieux.

Il ne savait plus comment pouvait tourner l'aventure.

Edgar essaya de s'interposer, de retenir Samuel.

Mais Samuel, d'une poussée, d'un coup dans l'estomac, l'envoya rouler plus loin.

Et Samuel revint comme un taureau en fureur sur Franck.

Samuel se souvenait des mains molles, sans force, de Franck.

Il savait que ce garçon n'était pas très fort.

Et, cependant, sa figure, à lui, saignait et le poing mou de Franck était tout rouge !

Ce qu'il ne savait pas, c'est que Franck avait fait exprès de laisser sa main molle.

Pour deux raisons.

Parce qu'il ne voulait pas serrer la main de ce bandit.

Et parce qu'il voulait lui laisser croire à de la faiblesse.

Franck se doutait bien que ce qui arrivait maintenant devait fatalement se produire pendant le séjour de ces deux forbans au ranch.

Rapidement, Franck enleva son veston de cuir, que le vieux Jim saisit au vol.

Le vieux Jim riait derrière sa vieille pipe.

Lui ne doutait aucunement de la victoire de Franck qu'il connaissait depuis l'enfance, à qui il avait donné des leçons de boxe.

Car, le vieux Jim, dans son jeune temps, avait fort cultivé le noble art.

Franck combattait les poings nus.

Vivement, la brute de Samuel se fit enlever les gants par son camarade Ratnose.

— Je vais le tuer, dit-il tout bas, en rage, à son compère.

— Oui, répondit l'autre de même. Ne le manque pas... Fais-lui le coup du port.

Cela voulait dire lui donner un de ces mauvais coups perfides, en dehors de toutes règles, dont font usage dans leurs duels les pires individus qui fréquentent les ruelles infâmes des ports.

Et, généralement, ces coups sont mortels.

Samuel eut un ricanement sinistre.

— Oui, dit-il, je vais l'embarquer pour le grand voyage.

Mais Samuel comptait sans son homme.

On n'embarque pas facilement qui ne veut pas voyager, surtout pour cette traversée sans fin.

Et, tout de suite, Samuel comprit qu'il avait affaire à un redoutable adversaire.

Plus dur, bien plus difficile, que le malheureux Jerry, bon combattant, courageux, mais ne connaissant pas la boxe.

Ici, c'était un scientifique.

Franck avait moins de poids que Jerry, mais il connaissait infiniment mieux le ring.

Aucun des secrets du carré enchanté ne paraissait lui être inconnu.

Samuel s'en rendit rapidement compte.

Il essaya un de ces terribles coups du port.

Il en fut rudement corrigé.

Plusieurs rounds s'étaient déroulés et Samuel n'était pas arrivé à placer un bon coup..

Franck esquivait habilement.

Quand il était touché, c'était généralement par un coup à peu près mort.

Tandis qu'il portait à Samuel des coups vivants qui le rendaient plus furieux.

Edgar n'en revenait pas.

Quant à Ratnose, il prévoyait, dès à présent, une issue fâcheuse pour son camarade.

— Nous avons fait fausse route, murmura-t-il à Edgar entre deux reprises.

Les Blacktown, graves, émus, attendaient, le cœur serré, la fin de ce duel.

Quant aux cow-boys, maintenant, ils entouraient avec admiration leur gérant valeureux.

Joë, en tant qu'assistant, faisait du vent avec sa serviette à la figure de son chef entre les rounds.

Et il sifflait joyeusement à chaque coup que portait Franck.

Le colosse parvint cependant à envoyer à terre le gérant.

Ce sont les hasards du combat que ces coups qui atteignent les plus solides.

Et Samuel se voyait déjà vainqueur.

Mais Franck se releva et rentra de nouveau dans la bataille avec une ardeur plus forte !

Enfin, sans vouloir donner ici le récit de ce combat par détails, comme un compte rendu de journal sportif, disons qu'après des alternatives de chance, de gain et de perte, de victoire et de défaite, qui passèrent d'un côté et de l'autre, ce fut le colosse Samuel qui alla mesurer le terrain.

Mais il se releva. Le combat reprit, plus terrible.

On sentait la haine, la fureur, le désir de mort avec lui, quand il reparut en face de Franck.

Il était comme aveuglé de rage d'avoir été envoyé au sol par ce garçon, infiniment moins gros, moins fort que lui.

Et les rires des cow-boys lui semblaient autant d'aiguillons dans la peau.

Alors, ce qui est fatal quand un des adversaires veut en finir tout de suite par le coup terrible, Samuel, un œil poché, la mâchoire pleine de sang, une oreille écrasée, se jeta comme un buffle sur Franck.

Il voulait frapper, frapper, il voulait tuer.

Dans cette rage, il perdit toutes les notions de prudence, se découvrit.

Et Franck, en quelques bons coups, bien sagement appliqués, l'envoya à terre, la figure en compote, définitivement. Il ne se releva pas.

Alors, les cow-boys se saisirent de leur gérant, le soulevant sur leurs épaules et lui firent faire le tour de la prairie en chantant le chant triomphal, en dansant le pas de guerre des Peaux-Rouges, en poussant les cris de victoire des apaches.

Doris suivait avec les Blacktown.

On laissa Edgar et Ratnose ramasser et faire revenir à lui, soigner leur colosse vaincu.

Blacktown donna la conclusion de l'affaire.

— Ma chère Doris, dit-il, vous devriez, dès maintenant, venir chez nous, vous n'êtes plus en sûreté parmi ces bandits.

— Je vous remercie, mais je dois rester encore.

— J'ai peur que tout cela ne finisse mal.

— Non... il faut que cela finisse bien.

Et Doris ne voulut plus rien dire.

Elle ne donna aucune explication de ses paroles énigmatiques.

CHAPITRE XXXIII

L'INFAMIE A LA MAISON

Quand Samuel se trouva dans la chambre où Edgar et Ratnose lui prodiguaient, navrés, leurs soins, lui mettaient des compresses sur la figure, il ne cessait de proclamer qu'il aurait sa revanche, qu'il tuerait Franck.

Mais Edgar, et surtout Ratnose, avaient compris que cela ne serait pas facile.

Ratnose, donc, employa toute sa diplomatie, tout l'empire que son intelligence de fourbe avait sur ce cerveau fruste, pour faire revenir le vaincu aux sentiments de la réalité.

— Si tu vas chercher querelle encore, nous sommes perdus.

— Pourquoi ?

— Tous les cow-boys s'attendent à une vengeance de notre part. Ils veillent... et ils vengeront Franck, leur idole... Ils nous tueront bel et bien.

— Qu'ils essaient...

— Ils n'essaieront pas, ils réussiront du premier coup.

— Nous verrons.

— C'est tout vu... Nous sommes ici tous les trois absolument prisonniers de ces garçons... comme déjà Edgar l'était avant notre venue. Nous ne pouvons leur échapper et,

pour une vaine satisfaction d'amour-propre, nous perdrons la fortune.

— Cependant...

— Nous aurons notre revanche !

— Quand ?

— Bientôt. C'est entendu avec Edgar.

— Parfaitement, approuva le cousin. Nous ne pouvons demeurer indéfiniment dans cet état.

— Edgar prit la résolution de hâter son mariage. Il n'y a que cela qui compte pour le moment. Une fois marié, il met en vente le ranch... et les cow-boys deviendront ce que voudra le nouvel acquéreur. Cela ne nous regarde plus ; mais, nous, nous serons loin, hors de leur portée, hors de la portée de leur revolver.

Ratnose poursuivit :

— Quant à cette affaire avec Franck, tu dois être beau joueur, dire que tu la tiens pour une simple affaire de sport... Et tu la prendras en sportsman loyal... Et tu féliciteras ton jeune adversaire vainqueur... en riant...

— Bon...

— Et, quand la confiance sera revenue, quand Edgar aura la femme, nous l'argent, nous ferons ce qui nous plaira avec ce garçon. Mais ne dérangeons pas nos plans par une nouvelle affaire dont le résultat serait de toute façon absolument désastreux.

Samuel ne comprit peut-être pas tout à fait les explications de Ratnose, mais, à son habitude, il lui obéit.

Il rencontra Franck et vint à lui la main tendue, le félicitant sur sa science de la boxe.

Franck ne dit rien.

Il eut l'air de prendre pour sincères ces compliments. Il savait à quoi s'en tenir.

Il savait aussi la leçon profitable.

Mais il pressentait que, maintenant, le danger était plus grand.

Il ne prévoyait cependant pas qu'il serait aussi prompt.

Et pour causer de cette situation, il s'était rendu le soir même au ranch Blacktown.

Il avait laissé son fidèle Joë aux aguets et dit à deux ou trois cow-boys de se poster aux environs de la maison de Doris.

Edgar et ses amis virent partir le gérant dans la soirée.

Ils crurent que le champ leur était ouvert.

D'autant qu'ils n'avaient pas les idées bien nettes.

Pour se consoler de la défaite et fêter par

avance la prochaine revanche, les trois forbans, après dîner, avaient largement puisé
dans la fameuse caisse aux liqueurs.

Et une idée d'ivrognes germa dans le cerveau du colosse.

— En somme, dit-il à ses deux complices,
nous sommes à parts égales dans le partage
de la fortune.

— Parfaitement.

— Bon. Reste Doris.

Edgar sursauta :

— Que veux-tu dire ?

— Je veux dire que nous ne pouvons la
partager entre nous trois.

— Évidemment.

— Donc, elle sera en plus dans la part
de l'un de nous.

— En effet, mais...

— Mais il n'y a pas de raison pour qu'elle
soit en plus dans la part d'Edgar.

— Je suis son cousin.

— Non ! Tu es notre associé à part égale...
Voilà la seule raison.

Il ajouta, avalant son verre d'eau-de-vie.

— Or, elle me plaît, à moi, cette Doris...
Elle serait tout aussi bien ma femme, à moi,
qu'à Edgar.

Ratnose sursauta.

Il pressentait une nouvelle folie de son co-
lossal complice.

— Donc, reprit Samuel donc, pour rester
dans nos conventions, pour être juste, il
faut la jouer aux cartes.

Ratnose n'y voyait pas d'inconvénients.

Edgard voulut faire opposition.

Mais les gros poings de Samuel lui impo-
sèrent silence.

Et il dut accepter de jouer aux cartes la
jolie Doris, la reine des ranchs.

La partie fut dure, car tous trois tri-
chaient comme de bons *gamblers* qu'ils
étaient.

Mais, tout en trichant, ils buvaient.

De sorte qu'ils se voyaient absolument
ivres quand la partie décisive n'était pas
encore terminée.

Samuel, s'étant déclaré vainqueur et me-
naçant d'assommer les deux autres s'ils disaient le contraire, se leva.

— Je vais annoncer nos fançailles à la jolie Doris, déclara-t-il.

Il sortit avec les deux autres aussi ivres
que lui.

Et ils se dirigèrent vers la maison de Doris.

Les cow-boys postés par Franck les vi-

rent passer et attendirent, ne sachant s'ils
devaient à ce moment déjà intervenir.

Ils avaient vu de la lumière dans la chambre de Doris.

Ils pensèrent que la jeune fille, chez elle,
ne courait aucun risque.

Les hommes n'oseraient aller chez elle.

Et, avant d'arriver à ses appartements, ils
allaient rencontrer le vieux Jim qui ne les
laisserait pas passer et qui donnerait
l'alarme.

Ils attendirent donc dans les environs,
épiant toujours les croisées de la chambre
de Doris.

Puis, cette lumière s'éteignit.

Sans doute, Doris allait dormir.

Peut-être Doris était-elle descendue pour
recevoir son cousin.

Les cow-boys virent, en effet, les trois
hommes entrer.

Car le joyeux cousin possédait une clef
qui ouvrait la porte du bas.

Où avait-il pu se procurer cette clef ?

Mais de tout cela, les braves cow-boys
trouvèrent tout naturel que le cousin tuteur
ait la clef de la maison.

Et ils se sentirent encore plus rassurés
quand, peu après, ils entendirent le joyeux
Edgar, s'accompagnant au piano, chanter
une chanson en vogue à New-York en ce
moment.

Ils la connaissaient également, et, gaie-
ment, ils la chantonnaient entre eux, suivant le joyeux cousin.

Comme accompagnement, ils avaient, en
outre du piano, le sifflet de l'assistant
Joë.

Maintenant, les cow-boys se sentaient tout
à fait rassurés.

Ils pensèrent que Doris était descendue
au salon retrouver son cousin et ses amis.

Car il était impossible qu'elle n'eût pas
entendu le piano, le chanteur, la chanson.

Mais ce dont ne pouvaient se douter les
braves cow-boys, c'était l'infamie, qui, pendant toute cette musique, se préparait dans
la maison.

La question était celle-ci : il fallait gagner
la fortune de Doris en forçant Doris à devenir la femme de l'un des trois associés.

Edgar, tout d'abord, espérait épouser sa
cousine.

Les cartes en avaient décidé autrement.

Edgar se rangeait à la décision des cartes
pourvu qu'il eût sa part de la fortune.

Donc, pendant qu'il chantait, Samuel se

dirigeait vers les appartements privés de Doris, qu'il appelait déjà sa femme.

Il montait hardiment le grand escalier de bois qui menait à ses appartements.

Mais le futur conquérant, sur le palier de l'étage, se heurta au vieux Jim.

Jim, depuis la venue du joyeux cousin au ranch, par précaution, transportait une paillasse dans le corridor et passait la nuit là, roulé dans une couverture. Il gardait Doris.

Quand Ratnose et Samuel parurent sur le palier, ils trouvèrent le vieux cow-boy debout sur la dernière marche.

— Où allez-vous ? leur demanda-t-il

Brusquement, pour toute réponse, avant même que le vieillard ait pu en avoir conscience, la brute Samuel lui donna un formidable coup de poing en pleine figure.

Le pauvre vieux, sans un mot, sans même une plainte, s'abattit à terre, la figure couverte de sang, à demi écrasé, assommé, ayant perdu connaissance.

Et, tout en riant, Samuel le poussa du pied, parce qu'il gênait le passage.

Puis il alla à la porte de Doris.

Sans hésiter, donc, Samuel alla frapper à cette porte.

— Que voulez-vous ? demanda Doris de l'intérieur.

— J'ai deux mots à vous dire, ma toute belle ! répondit Samuel, essayant de faire la douce voix.

Doris ne bougea pas.

— Ouvrez ! dit Samuel au bout de quelques secondes, ouvrez !

Même silence.

— Ouvrez donc ! cria Samuel, en ponctuant son ordre d'un énorme juron...

Même silence dans la chambre.

Cependant Doris était là.

On l'entendait marcher.

Pour la troisième fois, Samuel hurla :

— Ouvrez... ou j'enfonce la porte.

Il n'obtint pas plus de réponse.

Alors, comme il l'avait dit, il essaya d'ouvrir la porte.

Il tourna le bouton de la serrure.

Mais la porte était fermée à clef.

— Oh ! oh ! s'écria-t-il, la porte du paradis est bien fermée.

Et riant, il cria :

— Mais moi, je suis plus fort que cette porte.

Il commença alors à peser sur elle de tout le poids de son énorme corps.

Alors la voix de Doris se fit entendre :

— Je vous avise que vous n'entrerez pas vivant chez moi.

Samuel répondit à cette menace par un grand éclat de rire.

Il commença à donner sur un des panneaux des coups de poing à vraiment défoncer non une simple porte de bois, mais une véritable muraille.

Et bientôt le panneau éclata.

La porte, vaincue, allait tout à fait céder.

Les deux bandits devaient pouvoir entrer.

Doris allait fatalement se trouver à leur merci.

Samuel ricanait, maintenant certain de son triomphe.

Un nouveau coup d'épaule de Samuel fit définitivement voler le panneau.

La lumière de la chambre de Doris parut dans le couloir.

Et Samuel poussa un nouveau cri de victoire. Mais il se tut presque aussitôt.

Car à son cri triomphal, un cri de douleur fit suite.

Et Ratnose, qui le secondait vaillamment dans cette perfidie, s'écroula sur le plancher en gémissant et hurlant de douleur.

Un coup de revolver, en effet, éclata dans la chambre de Doris, en même temps que le cri de triomphe de Samuel dans le corridor.

Doris se défendait.

Doris tirait sur ses agresseurs.

Son premier coup de feu, à travers la porte, avait atteint Ratnose.

Doris tira encore.

Samnuel, rendu tout à coup extrêmement prudent, parce que s'il était plus fort qu'une porte de bois, il l'était beaucoup moins qu'une petite balle de plomb, Samuel recula et alla s'abriter derrière un angle de ce corridor.

Prudemment, mais maintenant quelque peu dégrisé, il compta les coups de revolver.

Il se disait que, quand le chargeur serait épuisé, il ferait un bond nouveau contre la porte et achèverait de l'enfoncer.

Alors il aurait une belle et bonne vengeance.

Quand le nombre de cartouches contenues dans un chargeur fut épuisé, ne voulant pas donner le temps à Doris de charger à nouveau son arme, Samuel fit un saut sur la porte et commença à cogner.

Mais un nouveau coup de revolver le fit reculer.

— Oh ! oh ! se dit-il, elle a deux revolvers.

Et cette constatation le fit rentrer immédiatement dans sa prudence et regagner son coin de protection.

D'autant plus qu'il sentit une légère brûlure au bras.

La dernière balle venait de lui érafler l'épaule, elle pouvait lui fracasser le bras, lui perforer la poitrine.

Doris tirait, en effet, au hasard à travers la porte.

Par terre, Ratnose geignait toujours.

Aux coups de feu, le joyeux cousin Edgar cessa de chanter.

Mais, aussi prudent que son ami Samuel, il n'osa monter voir ce qui se passait au-dessus.

D'ailleurs, la réaction se manifesta chez lui par une peur atroce, qui redoubla la force de l'alcool absorbé.

Et ivre mort, il s'écroula sur le parquet du salon, devant le piano.

Un assez long moment s'écoula sans nouveau coup de feu.

Samuel se dit que probablement il avait mal compté la première fois.

Et que ce dernier coup de revolver devait, sans aucun doute, être la suprême cartouche à la disposition de la jeune fille.

Alors il s'enhardit.

Il revint à la porte et donna un nouveau coup de poing.

Cette fois, aucun coup de revolver.

Silence absolu dans la chambre.

Samuel poussa un cri de joie.

— C'est bien cela ! dit-il. Elle n'a plus de provisions.

Et riant, il dit :

— Maintenant, elle est à moi..

D'un dernier coup d'épaule, il fit craquer la porte. Il l'enfonça.

Et il entra dans la chambre.

Mais la chambre était vide.

CHAPITRE XXXIV

LA FORTUNE EN FUITE

Jamais homme n'entra dans une fureur plus grande.

Samuel, voyant que sa proie lui échappait, qu'il s'était donné tant de mal pour rien, ne fut plus maître de lui.

Ainsi, il avait gagné aux cartes cette jolie fille.

Ainsi, il avait enfoncé une porte d'ailleurs solide.

Ainsi, il avait reçu dans le bras une balle de revolver.

Et, en plus, son camarade Ratnose gisait à terre grièvement blessé.

Et tout ça pour rien.

Doris, dont il voulait par force faire sa femme, Doris, qui devait lui apporter une grosse fortune, Doris lui échappait, lui glissait entre les doigts.

Furieux, il se vengea sur les meubles.

A coups de poings, à coups de pieds, il brisa, saccagea cette charmante chambre de jeune fille.

Puis, cette stupide vengeance ne le satisfaisant pas, il sortit de la chambre.

En sortant, il se heurta à son camarade Ratnose. Il l'avait oublié.

Il le prit dans ses bras pour le descendre.

Et il le jeta dans un fauteuil du salon.

Alors il secoua Edgar, qui dormait profondément, de ce sommeil lourd d'ivrogne.

A grandes gifles, il le réveilla.

— Doris s'est enfuie, lui cria-t-il.

Edgar ne comprit pas.

— Doris s'est enfuie ! répéta Samuel.

Quand enfin le joyeux cousin parvint, à travers le nuage d'alcool, à comprendre, il fit un bond.

— Enfuie, Doris ! s'écria-t-il. Doris enfuie ?...

— Voilà une heure que je te le crie !

Alors les deux bandits comprirent la gravité de la situation.

Si Doris leur échappait, c'était la fortune qui fuyait avec elle...

— Il faut courir après Doris... dit Ratnose qui, malgré ses souffrances, ne perdait pas de vue la réalité des choses... Il faut la rattraper avant qu'elle ait trouvé un refuge ailleurs...

— Ratnose a raison, dirent les deux autres bandits. Courons après Doris.

— Oui... mais où est-elle allée ?... se demandèrent-ils...

En effet, courir, c'était fort bien.

Mais encore fallait-il savoir où l'on devait aller.

Ce fut encore le malin Ratnose qui le leur indiqua.

— Doris, dit-il, n'a pu aller chercher un refuge que chez son subrogé tuteur, Blacktown.

En effet, c'était de toute logique.

Alors, laissant Ratnose soigner lui-même, comme il le pourrait, sa blessure, les deux forbans se précipitèrent dehors.

Ils coururent aux écuries.

Ici, une nouvelle et grave déconvenue les attendait.

Dans les écuries, ils ne trouvèrent aucun garde.

Mais les gardes ne semblaient pas nécessaires, parce que, dans les écuries, il n'y avait pas de chevaux...

Pas de chevaux, sauf les quelques vieilles bêtes qui servaient aux usages de la ferme.

Ceux qu'on attelait aux voitures, aux charrettes.

Ceux qui n'étaient plus bons à être chevaux de selle.

— Bon... dit Edgar. Mais nous n'avons pas à faire la course, nous n'engageons pas un match de vitesse avec Doris.

— Il faut la reprendre, dit Samuel.

— Nous n'avons qu'à la réclamer à Blacktown...

— Il ne la rendra pas.

— Il ne peut la garder... Je le sommerai... Je le mettrai en demeure de la rendre...

— Blacktown ne vous écoutera pas.

Edgar, avec rage, s'écria :

— J'ai le droit pour moi... Je suis son tuteur. Je ne veux pas laisser ma pupille dans une maison où il y a trois jeunes hommes.

Enfin tous deux mirent une selle sur le dos des chevaux qui leur semblaient le plus aptes à leur rendre le service qu'ils en attendaient.

Et ils s'engagèrent dans la nuit dans la direction du ranch Blacktown.

Edgar retrouva, non sans quelques difficultés le chemin du ranch Blacktown.

Les deux vieux chevaux n'allaient pas vite.

Edgar et Samuel mirent de longues heures à faire le parcours.

Comme le petit jour commençait à poindre, ils arrivèrent en vue du bouquet d'arbres au milieu duquel se trouvait la maison familiale des Blacktown.

Plusieurs entrées admettaient dans cet enclos.

Le joyeux cousin passa par celle qui se présenta en premier, quitte à faire dans le jardin un plus long détour.

Mais déjà des travailleurs étaient venus au-devant des deux visiteurs s'enquérir du but de leur présence dans le ranch.

Le cousin Edgar dut encore se faire reconnaître.

Deux hommes se détachèrent, et escortèrent Edgar et Samuel jusque dans la cour au fond de laquelle donnaient les marches de la maison du maître.

— Nous ne savons pas si M. Blacktown est déjà levé, dirent les hommes, mais un domestique vous renseignera.

Le domestique, qu'ils allèrent prévenir, accourut vers les deux visiteurs.

Reconnaissant Edgar, neveu du voisin Harding, un ami de la maison, le domestique le fit entrer avec son compagnon dans une pièce, sorte de petit salon, de bureau plutôt, où le maître recevait d'ordinaire les gens qui venaient lui parler d'affaires.

Le domestique, ayant dit qu'il ne devait monter chez ses maîtres que quand on l'appellerait, refusa d'aller annoncer la visite si matinale.

Samuel et Edgar, maintenant, se demandaient si, dans toutes ces formalités, il n'y avait pas entente, dans ce cérémonial peu usité dans les ranchs, un ordre donné.

Mais ils ne pouvaient faire autre chose.

Ils attendirent, donc.

Edgar, fatigué, quoique ayant l'habitude de passer, à New-York, des nuits blanches devant un tapis vert, s'enfonça dans un profond fauteuil et ne tarda pas à y achever de cuver son alcool.

Quant à Samuel, qui souffrait du bras blessé, il alluma un cigare et se mit, comme un ours énorme en cage, à marcher dans la pièce.

Puis, ayant fini son cigare, et sentant, lui aussi, malgré sa grande habitude, le poids de l'alcool sur son front obtus, et voyant Edgar dormir, l'entendant ronfler, il s'enfonça à son tour dans un fauteuil et s'endormit du sommeil de la brute.

On eut bien du mal, quelques heures plus tard, à les tirer tous deux de ce profond sommeil.

Quand ils ouvrirent les yeux, ils virent, se tenant devant eux, Blacktown et ses trois fils.

Blacktown leur dit, sur un ton railleur :

— Pourquoi n'avez-vous pas demandé des lits ?... Nous avons de quoi loger de nouveaux hôtes, au ranch... Et vous auriez certainement mieux dormi que dans ces fauteuils.

Puis il attendit un moment que les deux forbans eussent tout à fait repris leurs sens.

Et il demanda :

— Que se passe-t-il ? Et à quel événement dois-je le plaisir de vous voir dormir chez moi ?

CHAPITRE XXXV

OÙ VA, LA NUIT, UNE JEUNE FILLE ?

Cette question, simple en apparence, était au fond très dangereuse. Quelle réponse devaient y faire les deux forbans ?

Le joyeux cousin cherchait ce qu'il devait dire, pour sortir de cette ridicule situation.

Mais, stupide, brutal comme un coup de poing, le colosse Samuel, à qui toute finesse était étrangère, répondit d'un trait, d'une voix menaçante :

— Nous venons chercher miss Doris !

Blacktown s'étonna.

— Miss Doris ?... Vous venez chercher miss Doris... ici ?...

— Parfaitement.

— Mais miss Doris n'est pas ici.

La brute répliqua :

— Elle doit y être.

— Pardon. Quand je vous dis qu'elle n'y est pas, c'est qu'elle n'y est pas.

— Et moi, s'écria Samuel, je vous dis qu'elle ne peut être ailleurs... donc elle est ici.

Blacktown calma ses fils qui, devant cette affirmation offensante pour leur père, voulaient se jeter sur le colosse.

Mais il négligea de répondre à Samuel et, se tournant vers Edgar, il lui demanda :

— Est-ce miss Doris qui vous a dit qu'elle venait nous rendre visite ?

— Non... dut répondre Edgar, fortement embarrassé.

— Alors, comment pouvez-vous supposer que miss Doris est ici ?... Pourquoi serait-elle venue ?... Quand ?...

Autant de questions auxquelles les deux forbans ne trouvaient aucune bonne réponse à présenter.

Samuel, voyant la gêne, crut, lui, s'en tirer et, d'un coup, répondre à toutes les questions de Blacktown.

— Hier soir, Edgar et moi, mon ami et moi, nous sommes venus pour faire un peu de musique au salon. Alors, miss Doris est partie sur son cheval Cigarette ; elle a fui au milieu de la nuit.

Blacktown dit en riant :

— C'est que certainement votre musique ne lui plaisait pas.

Samuel, sans voir toute l'ironie de cette parole, poursuivit :

— Comme elle est partie au milieu de la nuit, elle n'a pu venir se réfugier que chez vous.

— Elle eût été la bienvenue, en effet, mais je vous le redis... miss Doris n'est pas ici.

Samuel sursauta :

— Allons, allons, pas tant d'histoire... Ce n'est pas à moi que vous allez faire croire cela... Miss Doris est ici.

— Je vous répète, je vous affirme pour la dernière fois que miss Doris n'est pas ici...

— C'est ce que nous verrons.

Blacktown se redressa.

— D'ailleurs, vous, de quel droit réclamez-vous miss Doris ?

— Moi, je réclame au nom d'Edgar, son cousin, son tuteur.

— Eh bien, à son cousin, à son tuteur, je réponds que miss Doris n'est pas chez moi. Et il doit se contenter de mon affirmation.

Comme Samuel allait encore trouver quelque chose à redire, vivement, avec force autorité, Blacktown dit aux deux forbans :

— Mais si miss Doris ne se trouve pas chez moi, je vous remercie sincèrement d'être venus, au prix de grandes fatigues, me faire part de sa disparition.

Sans donner à Samuel ou à Edgar le temps de placer un mot, il poursuivit :

— Je suis son subrogé tuteur... Je dois prendre immédiatement des mesures... La disparition, la fuite d'une jeune fille est chose grave.

Il demanda :

— Mais, avant de venir chez moi, vous avez certainement avisé également son second subrogé tuteur, Franck ?

Les deux forbans sursautèrent :

— Franck !

Non. Ils n'avaient pas pensé à lui.

Blacktown, à qui ce trouble n'échappa pas, reprit :

— Lui, Franck, était au ranch... Vous avez dû l'aviser en premier... Sans doute que Franck, connaissant mieux le pays que vous, s'est aussitôt mis en quête d'un autre côté, pendant que vous veniez chez moi ?

Et Blacktown conclut :

— Néanmoins, nous devons connaître non seulement le lieu de retraite de miss Doris, mais aussi, mais surtout la raison qui lui a fait abandonner ainsi, en pleine nuit, la maison paternelle...

Les deux bandits ne se sentaient plus du tout à l'aise, maintenant.

Blacktown, implacable, poursuivit :

— Pour ma part, connaissant la responsabilité qui me revient, je vais prendre des mesures immédiatement.

Et il dit, avec calme mais froide énergie :

— Je vais de ce pas informer de tout cela le solicitor Philéas Astorg... De plus, je vais faire mettre en campagne la police du district... Ainsi, nous saurons ce qui s'est passé et nous retrouverons promptement la fugitive.

Il dit à ses fils de faire seller les chevaux.

Un de ses fils viendrait avec lui à la ville.

Et il dit aux deux forbans, qui certes ne s'attendaient pas à voir l'affaire prendre cette tournure :

— Maintenant, comme vous devez, après toutes ces émotions, mourir de faim, on va vous préparer un brekfeast. Vous pourrez ensuite regagner le ranch Harding, commencer, de votre côté, les recherches.

Il eut l'ironie de leur dire :

— Je vous serais reconnaissant, si vous apprenez quelque chose, de m'en faire informer tout de suite...

Emmenant son fils Fred, il se retira, laissant les deux forbans sous la surveillance de ses deux fils aînés.

Samuel et Edgar, maintenant, comprenaient que l'alcool est très mauvais conseiller, et fait toujours commettre des folies.

Ils acceptèrent le brekfeast et, peu après, remontaient sur leurs vieux chevaux.

Comme par un fait exprès, tout le long du parcours, ils trouvèrent, derrière les haies, de grands chapeaux...

Sous ces grands chapeaux, des yeux rieurs, curieux, qui les regardaient passer sur leurs piteuses montures.

Et ils entendaient les plaisanteries parfois un peu grosses, qui les saluaient au passage.

Pleins de rage, ils ne pouvaient rien dire.

Certes, Samuel sentait ses énormes poings le démanger au bout des bras.

Mais Edgar le retenait.

— Doucement, lui disait-il... Nous avons assez fait de sottises comme cela... Ne rendons pas la situation encore plus grave.

Et il lui fit comprendre :

— Si jamais tu assommes un de ces mauvais plaisants, nous recevrons une grêle de balles et nous n'arriverons pas vivants au ranch...

Mais, en chemin, il dit au bourreau Samuel :

— Dans toute cette affaire, ce digne compère Blacktown a raison.

— Comment, raison ?

— Parfaitement... Nous n'avons rien dit à Franck...

— A quoi bon ?

— Nous devions informer Franck.

— Pourquoi ?

— Parce qu'il était bon de savoir tout d'abord si cette fuite n'est pas un coup monté entre Doris et Franck.

Samuel poussa un rugissement.

— Tu as raison...

— Donc, dès notre arrivée au ranch, nous devrons nous mettre en quête du gérant...

Mais, à leur arrivée au ranch, ils n'eurent pas à chercher longtemps Franck.

Le gérant se trouvait, avec quelques cowboys, dans une prairie, inspectant un troupeau qui commençait à être bon pour la mise en vente.

En les voyant apparaître sur les vieux chevaux, maintenant absolument fourbus, Franck et ses hommes, comme tous ceux qui les avaient vu passer, partirent d'un grand éclat de rire.

— Hello ! leur cria Franck. Vous avez fait un match de rossinantes ?

Derrière lui, l'assistant Joë ne riait pas, mais sifflait un air gouailleur.

Edgar et Samuel, cependant, mirent pied à terre. Le joyeux cousin appela Franck.

Il l'entraîna à quelques pas, assez loin pour que leurs paroles ne fussent pas entendues par les cow-boys.

Franck le suivit d'un air si dégagé, si naturel, si joyeux, que le cousin Edgar, même Samuel, pensèrent qu'il ne savait encore rien des événements de la nuit.

Quand il fût, selon son jugement, à bonne place, Edgar dit au gérant :

— Miss Doris a disparu.

Franck fit un bond de stupéfaction.

— Disparue ! s'écria-t-il... Miss Doris a disparu !... Qu'entendez-vous par là ?...

— Je veux dire que, cette nuit, miss Doris a fui du ranch...

— Oh !...

— Savez-vous où elle est allée ?

Au lieu de répondre à la question, Franck posa une question à Edgar :

— Pour quelle raison serait-elle partie ?

Samuel, en brute, intervint :

— Est-ce qu'on sait pour quelle raison les filles font des bêtises de ce genre ?

Alors Franck dit :

— Evidemment... Ce n'est que miss Doris elle-même qui pourra nous dire la raison... Pour cela, il faut la rejoindre.

Et il ajouta :

— Elle ne peut être allée que chez Black-town.

— Nous en venons... Elle n'y est pas !...

Franck tressaillit.

— Elle n'y est pas ! s'écria-t-il. Ah ! vous m'effrayez... Si elle n'est pas chez Black-town, je ne vois pas où elle peut être allée.

Franck ajouta :

— Alors, j'ai peur... oui, j'ai peur qu'il lui soit arrivé un accident...

Les deux forbans regardèrent le gérant avec étonnement. Franck leur dit :

— Mais j'y pense... Oui... c'est possible... Ecoutez... Miss Doris n'a été vue par personne de chez nous. Elle a donc pris un chemin en dehors des routes habituelles.

— Probablement.

— Ah ! je tremble... Il faut nous en assurer tout de suite.

Il appela un cow-boy.

— Prêtez deux chevaux à ces messieurs, dit-il.

Lui, il remonta sur son cheval et, sans plus rien dire, il partit au galop, suivi par les deux forbans, très intrigués.

Après une assez longue randonnée, Franck s'engagea sur une sorte de route abandonnée, défoncée, sur laquelle les chevaux ne pouvaient plus aller qu'à une allure très lente.

Samuel, avec inquiétude, regardait le chemin.

— Où nous menez-vous ? demanda-t-il.

— Mais là où j'ai peur de retrouver miss Doris... Là où nous avons découvert le cadavre de son père...

Samuel et Edgar, vraiment, pensaient que Franck aurait pu les conduire ailleurs.

Ils arrivèrent à la carrière abandonnée.

Franck arrêta son cheval.

Il tira son chapeau.

— Saluez ! dit-il aux deux forbans... C'est ici... qu'on a trouvé John Harding... mort... tué par accident...

Samuel et Edgar saluèrent.

Franck ne les perdait pas de l'œil.

Et eux se sentaient sous son regard.

Franck descendit de cheval et se mit à regarder le terrain, à faire comme un détective cherchant une trace.

— La terre sèche, dit-il aux deux amis qui, anxieux, le regardaient faire, n'a pas gardé d'empreinte...

Mais tout à coup, à quelque distance, Franck désigna une fumée qui montait len-tement dans le ciel, d'une admirable limpidité.

— Un campement d'Indiens, dit-il. Il est justement sur la route qui part de cette carrière...

Il ajouta :

— S'ils sont campés ici depuis hier seulement, ces Indiens ont certainement aperçu miss Doris... si toutefois elle a pris ce chemin.

Ils allèrent jusqu'au campement des Indiens.

C'étaient de bons Indiens nomades qui, avec quelques animaux, gagnaient un terrain d'herbage, une rivière.

Franck savait assez parler la langue de ces Indiens pour les questionner ou, du moins, échanger avec eux quelques paroles, dont il donna ensuite la traduction aux deux forbans.

— Ces Indiens, leur dit-il, prétendent, en effet, qu'ils ont vu passer, dans la nuit, un jeune cavalier.

— Ah !

— Ce cavalier montait un beau cheval... Il passa par ce chemin et se dirigea vers la grand'route qui conduit à la ville...

Franck, alors, conclut très sérieusement :

— C'est absolument ce que je pensais... A mon avis, miss Doris est sortie, comme cela lui est arrivé plus d'une fois, la nuit...

— C'est de la folie ! s'écria Samuel.

— Je ne le discute pas... Son père lui avait défendu les escapades de ce genre, sans pouvoir être obéi...

— A votre avis, alors, où est-elle ?

— Miss Doris, tout bonnement, s'est, comme souvent, rendue chez le solicitor Philéas Astorg... où elle est cordialement accueillie.

— Chez le solicitor ?

— Oui, Philéas Astorg est un des plus vieux amis de John Harding... Mrs. Astorg, une excellente et digne femme, aime beaucoup miss Doris, qui l'appelle « ma tante »... Par conséquent, maintenant que je sais cela... mon inquiétude tombe absolument...

— Ah ! vous pensez... dit Edgar, qu'il n'y a aucun danger ?...

— Aucun de ceux que vous pouvez imaginer, certes... répondit Franck, sans rire... Et nous pouvons rentrer au ranch sans souci... Nous y trouverons, comme chaque fois, un message, rieur, nous disant la joie de l'escapade et le prochain retour de la fugitive...

CHAPITRE XXXVI

CEUX QU'ON CHASSE RESTENT QUAND MÊME

Au cours de la nuit tragique, les cow-boys mis en gardiens par Franck, d'abord rassurés par la musique au piano, les chansons du joyeux cousin, pensèrent que tout finirait ainsi, par des chansons. Mais les coups de revolver changèrent leurs suppositions.

Et au moment où ils allaient intervenir, ils virent miss Doris apparaître dans la cour et leur dire en riant :

— Je crois qu'ils en ont... un souvenir de moi... C'est moi qui ai tiré sur eux...

Elle les entraîna vers les écuries.

Peu après, elle filait sur Cigarette, escortée par quelques cow-boys.

Les autres mirent, pour prévenir toute poursuite, les bons chevaux en liberté, comme nous l'avons vu.

Doris se rendit tout naturellement au ranch des Blacktown.

En chemin, elle rencontra Franck, qui en revenait précisément, après avoir eu, comme nous le savons également, un long entretien avec Blacktown et ses fils, au sujet de ce qui se tramait au ranch Harding.

Franck pensa qu'il valait mieux, pour le moment, et pour la tranquillité de chacun, que miss Doris n'allât point, ce soir, chercher un refuge chez les voisins.

Et il emmena la jeune fille non chez la tante Astorg, non chez le bon solicitor, mais chez d'autres amis, dans un ranch situé d'un autre côté.

Ce ranch, assez éloigné, appartenait à de braves gens, les Dunlop.

Ces Dunlop avaient une fille amie de pension de Doris, qui s'appelait Dorothy.

Et cette Dorothy était la fiancée de Fred Blacktown.

Mais Dorothy vivait le plus souvent à San-Francisco, chez sa grand'mère.

Pour cette raison, Edgar n'en connaissait pas l'existence et ne pouvait savoir combien il se lançait dans l'erreur quand il donnait Doris comme fiancée à Fred Blacktown.

Quand il eut mis Doris en sûreté chez les Dunlop, Franck s'empressa de revenir au ranch.

Maintenant que Doris n'avait rien à craindre, Franck se montrait enchanté.

Mais, de l'autre côté, on était moins tranquille.

Samuel et Edgar rentrèrent dans le pavillon, dans leur appartement, moins gais, certes, et moins confiants que la veille.

Ils trouvèrent Ratnose, qui s'était fait un pansement sommaire. Ils durent le soigner.

Doris ne l'avait pas manqué.

Il en avait pour quelque temps à guérir, s'il guérissait.

Il demandait, lui, à rentrer à New-York, à aller là-bas se faire soigner.

En écoutant le récit de la fuite de Doris, de la visite au ranch de Blacktown et surtout de la randonnée à la carrière abandonnée, il sursauta sur son lit.

— Doris, dit-il, a dû se rendre chez le solicitor. Elle y a fait le récit de notre scène désastreuse...

— C'est certain.

— Blacktown s'est rendu chez ce même solicitor. Ils vont donc se rencontrer.

— C'est probable.

— Alors, le solicitor et le subrogé tuteur vont venir ici, faire des constatations.

— Dans ce cas ? demanda Edgar.

— Dans ce cas, le solicitor prendra forcément des mesures sévères.

— Lesquelles ?

— D'abord il placera Doris sous la protection immédiate de la loi.

— Ce qui veut dire ?

— Qu'il prononcera une déchéance de tutelle... Qu'il nous enlèvera, pour indignité, le titre de tuteur, qu'il le transportera chez Blacktown.

— Et moi ?

— Toi, on te mettra, avec l'aide de la police, en demeure de vider les lieux... de t'en aller...

— M'en aller ?

— Tout bonnement. Heureux, encore, si on ne nous arrête pas tous les trois, si on ne nous fait pas passer en jugement.

Samuel et le joyeux Edgar se regardèrent, atterrés.

Ils comprenaient que Ratnose disait vrai.

Mais ils n'eurent pas le temps de discuter plus longuement.

Des trompes d'auto résonnèrent dans la cour du ranch.

Et l'assistant, entre deux coups de sifflet, vint leur dire :

— On vous réclame en bas... au salon...

— Qui donc ?

— La police, parbleu !

Les trois complices étaient, cette fois, médusés. Ils se voyaient pris.

Mais l'assistant s'était payé une petite vengeance. Il avait exagéré.

Ce n'était pas, à vrai dire, la justice qui se trouvait au salon.

Mais seulement le solicitor avec son secrétaire, un détective et les Blacktown.

Comme aucun moyen de fuir ne se présentait à eux, Edgar et Samuel, ne pouvant faire autrement et pressentant que tarder à paraître aggravait leur mauvais cas, se décidèrent à se présenter.

Quand Samuel et Edgar entrèrent dans le salon, ils trouvèrent tout le monde assis tranquillement.

Chacun fumait paisiblement un cigare.

Il y eut de brèves salutations, mais aucune main ne se tendit vers Edgar, encore moins vers Samuel. Ce fut le solicitor Philéas Astorg qui prit la parole.

— Mon ami Blacktown, dit-il, vient de m'apprendre que miss Doris a fui le toit paternel.

— C'est exact.

— Pouvez-vous me dire pour quelle raison ?

Edgar ne répondit pas.

Le solicitor, souriant, reprit :

— Evidemment... miss Doris ne vous a pas confié son secret de jeune fille... Bref, elle est partie... C'est ce que je viens constater.

Il dicta un acte de constatation d'absence de miss Doris à son secrétaire. Il le relut...

Le fit approuver et signer par les personnes présentes.

Puis, remettant son chapeau, il dit à Edgar :

— Excusez-moi de vous avoir troublé.

Et, suivi par tout le monde, sauf, bien entendu, Samuel et Edgar, il se retira.

Toute la compagnie, sauf Franck, qui resta au ranch, remonta en auto et s'éloigna.

Samuel et Edgar demeurèrent abasourdis.

Tous ces gens s'étaient dérangés pour cette simple constatation ? Quoi ! C'était tout ?

Pour cette pure formalité ?

Ils coururent rendre compte de cela au subtil Ratnose.

Ratnose eut un sursaut de joie.

— Ils n'ont pas constaté l'état de la chambre de Doris ?

— Non... Ils n'en ont pas pris le temps.

— Et ils n'ont pas poussé plus loin l'enquête ?

— Non.

— Bon... bon... Tout peut s'arranger.

— Comment cela ?

— La loi demande quarante-huit heures pour établir, définitivement, l'absence... Donc, dans deux jours, ils reviendront... Alors seulement ils prendront des mesures. Mais l'intervention de la loi sera longue... Nous aurons le temps de nous retourner... Le temps de faire ce que nous avions décidé en premier.

— Vendre la ferme...

— Oui.

Ce fut à cela que ces bandits s'arrêtèrent.

Depuis le début, Samuel était en pourparlers avec des amis à lui, voleurs de troupeaux, pour leur vendre les animaux.

Il résolut d'aller leur télégraphier de la ville.

— Bien, dit Ratnose, mais nous ne pourrons rien faire, tant que nous aurons autour de nous tous ces gens.

— Très juste !

— Surtout Franck.

— Vous avez raison.

— Il faut tout de suite nous débarrasser de lui...

— Je vais le renvoyer, dit Edgar.

— C'est cela...

— Sans aucun doute, ses hommes le suivront.

— Oui, c'est certain... Nous les remplacerons par des hommes à nous, nos camarades de l'autre côté de la frontière...

— Parfait.

— Quand nous serons en force, nous agirons à notre guise...

— Bravo !

— Allons ! allons ! ça va...

Les trois bandits se serraient les mains dans le même élan joyeux.

— Allons... l'affaire se raccroche... La ferme est à nous...

Samuel prit un cheval et se rendit à la ville.

Il allait se mettre immédiatement en rapport avec ses amis.

Selon l'entente, Edgar appela Franck.

Brusquement, il lui demanda :

— Vous êtes le gérant du ranch ?

— C'est, du moins, ce titre et ces attributions dont m'honorait M. John Harding.

— Bon. Avez-vous un contrat en règle ?

— Non...

— Ah !

— La parole de M. John Harding valait mieux que tout écrit.

— C'est certain. Je me plais à le reconnaître.

— C'est heureux pour sa mémoire.

— Mais j'ai l'intention d'apporter ici quelques modifications.

— Elles ne peuvent être que très heureuses.

— Je l'espère... Comme je sens chez vos hommes et chez vous une grande hostilité, que mes intentions seraient mal comprises, mes ordres mal exécutés, je vais changer de personnel.

Franck ne broncha pas.

Il n'en fuma pas plus vite son cigare.

Il laissa Edgar poursuivre.

— A partir de ce soir, vous n'êtes plus le gérant du ranch.

— Bien.

— Vous pourrez chercher ailleurs un engagement.

— Bien.

— Et si tous les hommes voulaient vous suivre, ils me feraient plaisir.

— Je le leur dirai...

Franck ajouta :

— Nous ferons tout pour vous être agréable.

— C'est parfait.

Franck reprit :

— Je dois seulement vous avertir que nous avons un mois devant nous, pour chercher un nouvel emploi... et que vous nous devez trois mois d'indemnité.

— On vous réglera.

— C'est très bien !

Edgar précisa :

— Comme vous n'êtes plus gérant, j'ai besoin de votre appartement pour votre successeur.

— Dès ce soir il sera libre.

— Tout est réglé... Bonsoir !

— Bonsoir !

Franck se retira.

— Décidément, se dit Edgar, ça marche mieux que je ne le croyais...

Une heure après, Franck, secondé par son assistant. déménageait et allait habiter parmi les cow-boys.

CHAPITRE XXXVII

LA CHASSE AUX BANDITS

Dans la nuit, en faisant une ronde dans le ranch, Edgar entendit les cow-boys rire aux éclats, comme de grands enfants.

Il entendit le sifflet de Joë et des chansons accompagnées par le banjo.

— Bon ! Bon !... se dit-il. Ils font les malins... Ils croient se moquer de moi. Ils ne se doutent pas de ce qui va leur arriver...

Le lendemain, tout se passait dans le ranch comme si rien n'avait été dit, comme si vraiment Edgar n'avait pas manifesté sa volonté.

Samuel revint dans la soirée.

— Les hommes arriveront demain, dit-il à ses deux complices.

— Le terrain est préparé, lui dit Edgar. Le gérant a accepté son renvoi...ses hommes vont le suivre... nous leur donnerons l'indemnité, ils nous laisserons la place nette.

Alors ils débouchèrent de nouvelles bouteilles tirées de la caisse en bois.

Il fallait célébrer cette première victoire.

Ce qu'ils ne savaient pas, ces bandits, c'est que le détective avait pris des photographies de la chambre de Doris et reconstitué, avec l'aide du vieux Jim, la scène de l'escalier.

Ce qu'ils ne savaient pas, ces forbans, c'est que Samuel était suivi serré, et que son entretien avec le · complice mexicain était connu.

Ce qu'ils ne savaient pas non plus, c'est que Franck et ses hommes, prévenus, se tenaient sur leur garde.

Franck prit donc avec ses hommes toutes les dispositions nécessaires.

Les hommes du ranch Blacktown se tenaient tout prêts, dans leur ranch, bien équipés.

Ils viendraient leur prêter main-forte.

Car il y aurait certainement bataille.

Samuel qui, nous le savons, manquait totalement de psychologie, voulut par lui-même se rendre compte de l'effet produit sur les hommes par les nouvelles mesures.

Il descendit dans une des prairies, où les hommes entouraient Franck.

Il vit que les animaux n'étaient pas mis en pâture, en liberté, mais rangés dans des corrals.

— Pourquoi tenez-vous, rassemblés, les animaux ? demanda-t-il.

Un des cow-boys lui répondit, entre deux bouffées insolentes de fumée :

— C'est parce qu'il y a trop de mouches dehors... Ça les ennuie...

Les autres partirent d'un grand rire.

— Vous allez les remettre aux pâturages.

Et il appuya :

— Vous m'obéirez sans tarder... Désormais, c'est moi, le gérant !

Les hommes n'eurent pas l'air d'entendre.

Il répéta :

— C'est moi, le gérant !

Même indifférence. Personne ne bougea.

— De plus, insista Samuel, qui rageait intérieurement, de plus, vous irez camper où vous voudrez... mais j'ai besoin de vos chambres pour mes hommes...

Alors, Franck, tranquillement, dit à Samuel :

— Pardon, monsieur le gérant, mais le règlement nous donne un mois d'abri dans les mêmes conditions... Donc ce sont vos hommes qui camperont où ils pourront.

Samuel, pour ne pas se laisser aller à un accès de fureur, préféra s'en aller.

Les cow-boys enlevèrent tous leurs chapeaux et firent de grands saluts.

— Au revoir, monsieur le gérant.

Que pouvait faire Samuel, contre tous ces gaillards qui se moquaient de lui ?

Il se rappela les recommandations de Ratnose :

— Du calme ! Jusqu'à la venue des nôtres !...

Et il regagna la maison, se disant que son tour viendrait de rire.

Le lendemain, les animaux étaient conduits plus loin...

Mais du côté du ranch Blacktown.

Et les cow-boys les enfermaient dans des corrals dont quelques-uns appartenaient même aux voisins.

— Pourquoi menez-vous les bêtes si loin ? demanda Samuel.

— Hé ! monsieur le gérant, répondit Franck très sérieusement, vous nous avez dit de mettre les bêtes en pâturage dans les prairies...

— Oui, mais pourquoi de ce côté ?

— L'herbe est meilleure... Il y a moins de moustiques...

Samuel ne trouva rien à dire.

Dans la soirée, arrivèrent au ranch les hommes attendus.

Franck, son assistant, le vieux Jim, le boxeur Jerry, comme par hasard, se trouvaient à la ferme quand ils firent leur entrée.

C'était un assemblage des plus bizarres et des moins rassurants.

Ils passèrent sous les yeux de Franck et de ses amis.

Ils entrèrent dans le ranch en triomphateurs, annonçant leur venue par des galopades, des cris et des coups de revolver.

Samuel et Edgar les reçurent en amis, avec chaudes poignées de mains.

Quand cette petite cérémonie fut terminée, Franck s'approcha de Samuel.

— Monsieur le gérant, lui dit-il, j'ai deux mots à vous dire en particulier.

Il l'entraîna un peu à l'écart.

— Connaissez-vous bien ces hommes ? lui demanda-t-il.

— Sans doute... Ce sont de mes amis.

— Parfait. Mais est-ce que vous savez ce qu'ils sont ?

— Des cow-boys.

— Pas tout à fait... Ils sont autre chose, bien différente...

— Ah ! qu'est-ce qu'ils sont, pour vous ?

— Tout bonnement des voleurs de troupeaux.

Samuel allait répondre.

Mais Franck ne lui en donna pas le temps.

— Vos amis sont des voleurs de troupeaux. Nous avons dû faire contre eux plusieurs fois le coup de feu... Je les connais bien... Ils me connaissent aussi... Je tenais à vous avertir... Ils vont vous causer de grands ennuis.

Et avant que Samuel, furieux, ait encore pu placer un mot, il ajouta, toujours calme et souriant :

— Je dois également vous avertir que, jusqu'à ce que le jugement du solicitor ait dégagé ma responsabilité, je ne laisserai pas ces bandits pénétrer dans le ranch.

Samuel s'écria :

— Vous ne commandez plus, ici !

— Je vous demande pardon, monsieur le gérant... mais vous allez vous-même dire à ces bandits de reprendre le large... Ils ne passeront pas la nuit au ranch Harding !

Samuel fit un bond.

Fou de rage, il cria aux hommes, en leur désignant Franck :

— Emparez-vous de cet homme !...

Les bandits regardèrent le gérant.

— Franck ! dirent-ils... c'est Franck !...

Mais ils ne montrèrent aucun empressement à obéir à leur ami Samuel.

Samuel leur cria :

— Allons, débarrassez-moi de cet homme !

Mais Franck cria à ces hommes :

— C'est vous qui allez débarrasser le ranch de votre présence... Allons... il fait encore jour... Profitez-en pour vous en aller.

Et, se tournant vers Samuel, railleur, il ajouta :

— Recommandez-leur, vous qui connaissez l'endroit, d'éviter la route de la carrière... à cause des accidents...

Samuel hurla :

— Si vous ne vous emparez pas de lui... il faudra faire ce qu'il vous dit...

Alors, comprenant, les bandits s'élancèrent sur Franck.

Et le revolver de Franck crépita.

Quelques hommes tombèrent qui arrêtèrent l'élan des autres.

Mais, aux coups de revolver, des cris répondirent, derrière les amis de Samuel.

Tous les cow-boys arrivèrent au galop, carabine à la main.

Les bandits, qui étaient à pied, s'empressèrent de sauter sur leurs chevaux.

Ils ne s'attendaient pas à pareille réception.

Ils comprirent que l'affaire tournait mal pour eux.

Et Samuel ne voyait pas l'opération plus brillante.

D'autant que le joyeux Edgar, maintenant affolé, lui criait :

— Sauvons-nous !...

Edgar avait assisté à toute cette scène, d'assez loin.

Il se doutait que, maintenant, la haine des cow-boys allait l'atteindre.

Il pressentait qu'il n'échapperait pas.

Cette fois-ci, ce ne serait pas seulement dans son chapeau qu'on allait placer quelques bonnes balles de carabine ou de revolver...

Et, sautant au hasard sur un des chevaux des bandits, le premier, il se mit à fuir.

Mais, comme il fuyait, il entendit une voix fraîche, jeune, jolie, qui criait :

— Hardi, mes garçons !... Sus aux bandits !...

C'était Doris qui arrivait, sur Cigarette, en tête de ses fidèles cow-boys...

C'était la Reine des Ranchs qui les conduisait. Samuel entendit aussi.

— Vengeons mon père... Mort aux assassins de John Harding !...

Il fit comme son ami, le joyeux Edgar, et il sauta sur le premier cheval qu'il rencontra.

Et, sans plus rien demander, du reste, il prit la fuite... La poursuite commença.

Alors Samuel n'hésita pas.

Elle se fit comme chaque fois que l'on avait affaire à ces bandits, aux voleurs de troupeaux.

Mais, cette fois, les bandits n'avaient pas de bêtes à protéger, à emmener.

Ils pouvaient aller plus vite.

De leur côté, les hommes du ranch n'avaient pas à ménager les animaux ennemis. Ils pouvaient combattre à coup sûr.

Les bandits, pour se protéger, firent feu de leur revolver.

Mais les cow-boys les devancèrent.

Ils les arrosèrent d'une grêle de balles.

Quelques-uns des voleurs durent, morts ou plus ou moins grièvement blessés, quitter leur selle, rouler à terre.

Alors, les bandits, voyant que leur tentative tournait à la déroute, ne pensèrent ni à la vengeance, ni à la défense ; ils ne voulurent plus que fuir. Fuir au plus vite...

Retourner, avec le moins de mal possible, dans leur repaire, d'où ils étaient venus avec tant de joyeuse espérance.

Quelques hommes continuèrent à leur donner la chasse.

Mais une manœuvre savante, habilement guidée, exactement exécutée, commença bientôt.

Elle consistait à laisser s'éloigner les voleurs de troupeaux et les chasser, mais à séparer d'eux les deux bandits principaux.

C'est-à-dire le joyeux compère Edgar et son ami Samuel.

Cette manœuvre était conduite par Doris, la Reine des Ranchs.

Elle était exécutée sous les ordres de Franck, des fils de Blacktown... par les hommes des deux ranchs réunis.

Elle avait pour but de séparer, comme nous le savons, Edgar et Samuel du reste de la troupe et de les pousser vers un terrain choisi.

C'était en somme une répétition de la manœuvre employée pour capturer un cheval choisi, dans une troupe de chevaux sauvages ou laissés en liberté.

Les cow-boys la connaissaient donc parfaitement.

Ils devaient l'exécuter à merveille.

Et le bourreau Samuel, au courant des manœuvres de la prairie, devait la reconnaître tout de suite.

Et reconnaître en même temps que, dans cette sélection, les poursuivis, les désignés, c'étaient lui et son ami le joyeux Edgar.

Quelque effort que fît Samuel pour déjouer la manœuvre, il se sentit enveloppé, séparé du reste des fuyards.

Il se vit pousser malgré lui vers un terrain qu'en tremblant il dut reconnaître.

Vers le chemin de la carrière abandonnée !

D'instinct, le bandit, bien que dépourvu de toute psychologie, comme nous le savons, du reste, pressentit quelque chose de terrible... un but précis, dans cette poursuite qui le poussait vers cet endroit fatal.

Franck l'y avait déjà conduit.

Pourquoi ? Pourquoi, encore aujourd'hui, Doris, en le poursuivant, le poussait-elle vers cette sinistre carrière ?...

Edgar, lui, affolé, ne pensait qu'à dévorer l'espace vide devant lui, à fuir.

Et il fuyait, sans même se rendre compte du terrain sur lequel il poussait son cheval.

Il ne voulait, en ce moment, qu'une chose : ne pas perdre les camarades mexicains qui, eux, connaissant bien les chemins, les traverses du pays, volaient par le plus court, vers la frontière mexicaine, où ils trouveraient leur salut.

Lui aussi, voulait passer au Mexique libérateur, au Mexique qui lui épargnerait le châtiment dont il se sentait menacé, sur le territoire des Etats-Unis, de la chère patrie où on le pendrait sans aucune hésitation.

Mais la manœuvre conduite par Doris réussit admirablement.

Bien qu'il fût très habile, Samuel ne put y échapper.

CHAPITRE XXXVIII

SUR L'ABÎME

Bientôt, le bandit comprit qu'il était perdu.

En effet, le cheval sur lequel il se trouvait appartenait à un des Mexicains.

Il avait fourni, pour venir au ranch, une longue course sans ménagement, puisque, dans l'idée des voleurs de troupeaux, on devait se reposer au ranch Harding et y mener bonne vie.

Maintenant, le cheval, bonne et vaillante bête, était épuisé par cette nouvelle course.

Samuel avait beau lui meurtrir les flancs à coups de ses gros éperons, il ne pouvait donner plus.

Et sa course allait se ralentissant.

Tout à coup, le cheval que montait Edgar, et qui suivait celui de Samuel, s'abattit.

Il était rendu, fini...

Ce serait, maintenant, sous peu, le tour de celui de Samuel. Cela ne tarda pas, en effet.

Comme tout bon cheval, il ne cessa pas son galop, mais il tomba d'un coup, dans sa course.

Il s'abattit heureusement pour Samuel, et il n'y a vraiment que les coquins pour avoir pareille chance, dans un buisson, épineux sans doute, mais tout de même plus doux qu'un rocher...

Et le bandit ne fut pas assommé dans sa chute.

Quand il se releva, Franck était devant lui.

Samuel poussa un rugissement de rage et de joie furieuse...

Ah ! il allait pouvoir se venger !

Il tira son revolver...

Mais le chargeur était épuisé.

Alors il se précipita comme une brute sur son adversaire.

Mais, en se relevant, mais, en apercevant Franck, il avait, en même temps, pu voir le cadre qui l'entourait.

Il avait pu reconnaître qu'il se trouvait près du gouffre de la carrière abandonnée.

Alors, le bandit devint comme fou.

Il eut la sensation d'épouvante que les plus forts, les plus endurcis éprouvent, tout en voulant faire les malins, devant l'échafaud.

Les seuls braves devant la mort sont les innocents. Les coupables ont toujours peur.

Mais, emporté par sa nature de brute, il se jeta sur Franck.

Franck avait sauté de son cheval pour courir à Samuel.

Et commença un terrible duel sur le bord de l'abîme.

Pas un duel pour cinématographe...

Un duel qui allait décider de la vie de ces deux hommes.

Samuel s'était relevé avec sa rage et sa force colossale redoublées.

S'il abattait son adversaire, peut-être pourrait-il encore fuir...

S'il ne pouvait fuir, du moins il se serait vengé.

Mais nous savons que Franck, quoique de beaucoup plus mince, moins massif que le colosse bourreau, était un adversaire redoutable.

Ce fut une bataille comme, sur aucun ring, des milliardaires méchants et sanguinaires n'auraient pu s'en offrir.

Et maintenant, autour des deux combat tants, se trouvaient arrêtés, anxieux, Doris, les Blacktown, Jerry et le siffleur Joë.

Deux cow-boys tenaient par les bras le piètre joyeux cousin, qui vraiment faisait piteuse mine.

Il sentait, lui aussi, venir l'heure du rendement de comptes.

Et, d'un œil morne, il regardait non seulement ce combat, mais deux autos arrivant à quelque distance, avec le solicitor et des hommes de police.

Franck et Samuel étaient maintenant couverts de sang.

La tactique de Franck était de pousser son adversaire sur le bord du précipice.

C'était aussi ce que désirait le bandit : y pousser Franck à sa place.

Et l'on ne pouvait intervenir.

Doris devait assister à cette horrible lutte, ne pouvant rien dire, rien commander, rien faire pour sauver Franck.

Enfin, sous un coup heureux, car malgré tout, la chance ne favorise pas tout le temps les canailles, Samuel, ébranlé, commença à sentir le vent de la défaite.

Selon sa méthode, il frappait à grands coups. Ses poings étaient des assommoirs.

Mais un assommoir n'a d'effet que s'il touche. C'est une vérité enfantine.

Or, pour toucher, il faut taper à bon escient et non comme un fou furieux qui boxe dans le vide.

Franck, calme, lui, évitait les coups de la brute et portait des coups qui arrivaient toujours au bon moment, au bon endroit.

Si bien que Samuel chancela, recula.

Il alla s'abattre à deux pas du rebord du gouffre. Mais il ne tomba pas.

Alors, les cow-boys se précipitèrent.

Jerry s'empara du bandit.

Le duel était terminé, Samuel vaincu.

Doris sauta de son cheval.

Elle courut à Franck et se jeta dans ses bras.

— Franck, mon bon Franck, merci !

. . . .

Ici devrait finir le récit.

Quelques lignes en seront la conclusion.

Car une dernière scène tragique se préparait.

Le solicitor vint à Edgar.

— Reconnaissez, lui dit-il, que vous étiez l'associé, le complice de ce bandit !

— Oui.

— Reconnaissez que ces hommes, Samuel et Ratnose ont assassiné ici l'infortuné John Harding, votre oncle, et qu'ils l'ont jeté dans ce gouffre pour faire croire à un accident.

— Oui...

Doris intervint :

— Cela suffit, dit-elle. Au nom de mon père... si je ne pardonne pas, moi, ce crime odieux.... je ne veux pas qu'un de mes parents nous déshonore devant les tribunaux.

— Bien, miss Doris, approuvèrent les assistants.

— Donnez donc un cheval à ce misérable... qu'il gagne la frontière... et, s'il le peut, qu'il refasse sa vie...

On avança un cheval pour le joyeux cousin.

Mais, à ce moment, un rugissement de fauve retentit.

Samuel échappa à Jerry, à ceux qui le tenaient.

— Ah ! traître !... Tu me trahis. Mais tu n'en tireras aucun profit !

Et, avant qu'on ait pu intervenir, il s'empara du cousin.

On entendit un cri d'épouvante.

C'était la dernière chanson du joyeux cousin, que Samuel venait de jeter dans la carrière.

Tous les assistants étaient glacés d'horreur.

Mais un second cri, plus terrible, suivit presque aussitôt le dernier chant tragique du joyeux cousin.

Ce fut un épouvantable juron.

Et ce dernier chant, digne du bandit, était poussé par le colosse Samuel.

Jerry, à son tour, avait empoigné Samuel.

Il l'envoya, par le même chemin, rejoindre son complice en enfer.

Ainsi, comme l'avait voulu Doris la Reine des Ranchs, on avait la preuve du crime et, sur le lieu même de l'assassinat, le châtiment des coupables.

Quant à Ratnose, on le pendit plus tard.

Maintenant, c'est fini.

Les mauvais jours sont passés. On ne veut plus se souvenir de ces heures dramatiques.

Le bonheur est revenu au ranch Harding.

Car Franck que Doris aimait est devenu l'heureux roi de la Reine des Ranchs.

FIN

Aux Mains des Cannibales

Roman d'Aventures Inédit

par

Eric STANLEY

par

Eric STANLEY

PREMIÈRE PARTIE

I

UNE LUNE DE MIEL QUI N'EN FINIT PAS

Yvon Caradec, le célèbre reporter de la maison Montgau et Cⁱᵉ, l'importante firme cinématographique française, était encore en pleine lune de miel, après un an de mariage.

Sa femme, la délicieuse Maud Smithson, fille du roi du corned-beef, ne vivait que pour lui, comme il ne vivait que pour elle, et leur temps se passait dans un enchantement perpétuel.

Sachant qu'elle pouvait compter sur le dévouement de ce Breton, mâtiné de Normand, casse-cou, intrépide et courageux, la grande maison de films lui avait accordé un congé illimité, après la victoire éclatante remportée par lui dans le grand prix d'un million de dollars offert par le *Chicago Tribune*.

Ce prix était offert au reporter cinématographique européen qui réussirait à filmer Joë Smithson, le roi du corned-beef, chose réputée impossible aux Etats-Unis.

Or, après la plus sensationnelle des poursuites après un faux Joë Smithson et les plus folles aventures, Yvon Caradec avait réussi le plus complet des films sur une petite plage de Bretagne et avait, non seulement gagné le prix fantastique et la célébrité, mais encore la main de l'idéale Maud, la plus jolie et la plus exquise des Américaines.

Malgré la vie de rêve qu'il menait dans sa délicieuse propriété de Bretagne, le turbulent reporter ne s'endormait pas dans les délices de Capoue. Concarneau avait pourtant des charmes, Maud encore bien plus ; mais son activité souffrait de cette inaction.

Certes, la vieille ville close, s'endormant le soir à l'abri de ses remparts, sous la clarté opaline de la lune, dessinant vigoureusement les barques aux filets bleus, pouvait tenter la manivelle d'un opérateur profondément artiste.

Il en était de même de la rentrée des bateaux de pêche, aux voiles égrenant toute la gamme des rouges, passant dans un éblouissement de soleil, qui faisait luire l'argent des milliers de sardines jetées sur le pont.

Il avait eu aussi un émerveillement devant les rochers abrupts des îles Glénan, un recueillement devant la pure Renaissance Flamboyante du château de Kériolet ; mais ce spectacle était toujours le même.

Il s'y rendait en père peinard, sans danger, sans imprévu, rengainant son moulin à images s'il faisait mauvais ; prenant tout son temps pour chercher l'éclairage fameux quand il faisait beau, et jamais ne rencontrant la moindre difficulté qui vous secoue les nerfs, la moindre impossibilité qui vous les met à fleur de peau, la moindre opposition qui vous dresse, prêt à la bataille ; et le moindre danger qui vous jette en avant, insouciant de sa vie.

Maud commençait à s'apercevoir que son Yvon n'était plus le même. Certes, son amour pour elle était toujours aussi violent, mais il lui manquait cette franche gaîté, cet amour de la vie et du mouvement qui en faisait presque un grand enfant. Bref, elle en conclut qu'il broyait du noir, et elle voulut absolument en savoir la cause.

(A suivre.)